Heart of Darkness

1902

〔英〕约瑟夫·康拉德 ◎ 著
梁遇春　宋龙艺 ◎ 译

# 黑暗的心

北京理工大学出版社
BEIJING INSTITUTE OF TECHNOLOGY PRESS

阅读·时光
READING TIME

在人生的中途,

在一座遮天蔽日的森林里迷失。

————但丁

我们孤零零地生活着,正如我们孤零零地做梦一样。

# 代　序

## 一个近代最伟大的境界与人格的创造者

*我最爱的作家——康拉得*[①]

对约瑟·康拉得（Joseph Conrad，一八五七——一九二四年）的个人历史，我知道的不多，也就不想多说什么。圣佩韦的方法——要明白一本作品须先明白那个著者——在这里是不便利用的；我根本不想批评这近代小说界中的怪杰。我只是要就我所知道的，不完全的，几乎是随便的，把他介绍一下罢了。

谁都知道，康拉得是个波兰人，原名 Teodor Józef Konrad Korzeniowski；当十六岁的时候才仅晓得六个英国字；在写过 Lord Jim[②]（一九〇〇）以后还不懂得 cad 这个字的意思（我记得仿佛是 Arnold Bennet[③] 这么说过）。可是他竟自给乔叟、莎士比亚、狄更斯们的国家增加许多不朽的著作。这岂止是件不容易的事呢！从他的文字里，我们也看得出，他对于创作是多么严重热烈，字字要推敲，句

---

① 现译为约瑟夫·康拉德。
② 《吉姆爷》。
③ 阿诺德·本涅特（1867—1931），英国作家，写过小说、剧本、评论等，代表作《老妇人的故事》。

句要思索；写了再改，改了还不满意；有时候甚至于绝望。他不拿写作当种游戏。"我所要成就的工作是，借着文字的力量，使你听到，使你觉到——首要的是使你看到。"是的，他的材料都在他的经验中，但是从他的作品的结构中可以窥见：他是把材料翻过来掉过去的布置排列，一切都在他的心中，而一切需要整理染制，使它们成为艺术的形式。他差不多是殉了艺术，就是这么累死的。文字上的困难使他不能不严重，不感觉艰难，可是严重到底胜过了艰难。虽然文法家与修辞家还能指出他的许多错误来，但是那些错误，即使是无可原谅的，也不足以掩遮住他的伟大。英国人若是只拿他在文法上与句子结构上的错误来取笑他，那只是英国人的藐小。他无须请求他们原谅，他应得的是感谢。

他是个海船上的船员船长，这也是大家都知道的。这个决定了他的作品内容。海与康拉得是分不开的。我们很可以想象到：这位海上的诗人，到处详细地观察，而后把所观察的集成多少组，像海上星星的列岛。从漂浮着一个枯枝，到那无限的大洋，他提取出他的世界，而给予一些浪漫的精气，使现实的一切都立起来，呼吸着海上的空气。Peyrol 在 The Rover①里，把从海上劫取的金钱偷偷缝在帆布的背心里；康拉得把海上的一切偷来，装在心里。也正像 Peyrol，海陆上所能发生的奇事都不足以使他惊异；他不慌不忙的，细细品味所见到听到的奇闻怪事，而后极冷静地把它们逼真地描写下来；他的写实手段有时候近于残酷。可是他不只是个冷酷的观察者，他有自己的道德标准与人生哲理，在写实的背景后有个生命的解释与对于海上一切的认识。他不仅描写，他也解释；要不然，有过航海经验的固不止他一个人呀。

---

① 《漂泊者》。

关于他的个人历史，我只想提出上面这两点；这都给我们一些教训："美是艰苦的"，与"诗是情感的自然流露"，常常在文学的主张上碰了头，而不愿退让。前者做到极端便把文学变成文学的推敲，而忽略了更大的企图；后者做到极端便信笔一挥即成文章，即使显出点聪明，也是华而不实的。在我们的文学遗产里，八股匠与所谓的才子便是这二者的好例证。在白话文学兴起以后，正有点像西欧的浪漫运动，一方面打破了文艺的义法与拘束，自然便在另一方面提倡灵感与情感的自然流露。这个，使浪漫运动产生了伟大的作品，也产生了随生转灭，毫无价值的作品。我们的白话文学运动显然的也吃着这个亏，大家觉得创作容易，因而就不慎重，假如不是不想努力。白话的运用在我们手里，不像文言那样准确，处处有轨可循；它还是个待炼制的东西。虽然我们用白话没有像一个波兰人用英文那么多的困难，可是我们应当，应当知道怎样地小心与努力。这个，就是我爱康拉得的一个原因；他使我明白了什么叫严重。每逢我读他的作品，我总好像看见了他，一个受着苦刑的诗人，和艺术拼命！至于材料方面，我在佩服他的时候感到自己的空虚；想象只是一股火力，经验——像金子——须是先搜集来的。无疑的，康拉得是个最有本事的说故事者。可是他似乎不敢离开海与海的势力圈。他也曾写过不完全以海为背景的故事，他的艺术在此等故事中也许更精到。可是他的名誉到底不建筑在这样的故事上。一遇到海和在南洋的冒险，他便没有敌手。我不敢说康拉得是个大思想家；他绝不是那种寓言家，先有了要宣传的哲理，而后去找与这哲理平行的故事。他是由故事，由他的记忆中的经验，找到一个结论。这结论也许是错误的，可是他的故事永远活跃地立在我们面前。于此，我们知道怎样培养我们自己的想象，怎样先去丰富我们自己的经验，而后以我们的作品来丰富别人的经验，精神的和物质的。

关于他的作品，我没都读过；就是所知道的八九本也都记不甚清了，因为那都是在七八年前读的。对于别人的著作，我也是随读随忘；但忘记的程度是不同的，我记得康拉得的人物与境地比别的作家的都多一些，都比较的清楚一些。他不但使我闭上眼就看见那在风暴里的船，与南洋各色各样的人，而且因着他的影响我才想到南洋去。他的笔上魔术使我渴想闻到那咸的海，与从海岛上浮来的花香；使我渴想亲眼看到他所写的一切。别人的小说没能使我这样。我并不想去冒险，海也不是我的爱人——我更爱山——我的梦想是一种传染，由康拉得得来的。我真的到了南洋，可是，啊！我写出了什么呢？！失望使我加倍地佩服了那《台风》与《海的镜》①的作家。我看到了他所写的一部分，证明了些他的正确与逼真，可是他不准我模仿；他是海王！

可是康拉得在把我送到南洋以前，我已经想从这位诗人偷学一些招数。在我写《二马》以前，我读了他几篇小说。他的结构方法迷惑住了我。我也想试用他的方法。这在《二马》里留下一点——只是那么一点——痕迹。我把故事的尾巴摆在第一页，而后倒退着叙说。我只学了这么一点；在倒退着叙述的部分里，我没敢再试用那忽前忽后的办法。到现在，我看出他的方法并不是顶聪明的，也不再想学他。可是在《二马》里所试学的那一点，并非没有益处。康拉得使我明白了怎样先看到最后的一页，而后再动笔写最前的一页。在他自己的作品里，我们看到：每一个小小的细节都似乎是在事前准

---

① The Mirror of the Sea，今多译为《大海如镜》。

备好，所以他的叙述法虽然显着破碎，可是他不至陷在自己所设的迷阵里。我虽然不愿说这是个有效的方法，可是也不能不承认这种预备的工夫足以使作者对故事的全体能准确地把握住，不至于把力量全用在开首，而后半落了空。自然，我没能完全把这个方法放在纸上，可是我总不肯忘记它，因而也就老忘不了康拉得。

郑西谛说我的短篇每每有传奇的气味！无论题材如何，总设法把它写成个"故事"。这个话——无论他是警告我，还是夸奖我——我以为是正确的。在这一点上，还是因为我老忘不了康拉得——最会说故事的人。说真的，我不信自己在文艺创作上有个伟大的将来；至好也不过能成个下得去的故事制造者。就是连这点希冀也还只是个希冀。不过，假设这能成为事实呢，我将永忘不了康拉得的恩惠。

刚才提到康拉得的方法，那么就再接着说一点吧。

现在我已不再被康拉得的方法迷惑着。他的方法有一时的诱惑力，正如它使人有时候觉得迷乱。它的方法不过能帮助他给他的作品一些特别的味道，或者在描写心理时能增加一些恍惚迷离的现象，此外并没有多少好处，而且有时候是费力不讨好的。康拉得的伟大不寄在他那点方法上。

他在结构上惯使两个方法：第一个是按着古代说故事的老法子，故事是由口中说出的。但是在用这个方法的时候，他使一个Marlow[①]，或一个Davidson[②]述说，可也把他自己放在里面。据

---

[①] 马洛，康拉德小说《吉姆爷》《青春》《黑暗的心》等作品中的故事叙述人。

[②] 戴维森，《胜利》一书中的故事叙述人。

我看，他满可以去掉一个，而专由一人负述说的责任；因为两个人或两个人以上述说一个故事，述说者还得互相形容，并与故事无关，而破坏了故事的完整。况且像在 Victory① 里面，述说者 Davidson 有时不见了，而"我"——作者——也没一步不离地跟随着故事中的人物，于是只好改为直接的描写了。其实，这个故事颇可以通体用直接的描写法，"我"与 Davidson 都没有多少用处。因为用这个方法，他常常去绕弯，这是不合算的。第二个方法是他将故事的进行程序割裂，而忽前忽后地叙说。他往往先提出一个人或一件事，而后退回去解析他或它为何是这样的原因；然后再回来继续着第一次提出的人与事叙说，然后又绕回去。因此，他的故事可以由尾而头，或由中间而首尾的叙述。这个办法加重了故事的曲折，在相当的程度上也能给一些神秘的色彩。可是这样写成的故事也未必一定比由头至尾直着叙述的更有力量。像 Youth② 和 Typhoon③ 那样的直述也还是极有力量的。

在描写上，我常常怀疑康拉得是否从电影中得到许多新的方法。不管是否如此吧，他这种描写方法是可喜的。他的景物变动得很快，如电影那样的变换。在风暴中的船手用尽力量想从风浪中保住性命时；忽然康拉得的笔画出他们的家来，他们的妻室子女，他们在陆地上的情形。这样，一方面缓和了故事的紧张，使读者缓一口气；另一方面，他毫不费力的，轻松的，引出读者的泪——这群流氓似的海

---

① 《胜利》。
② 《青春》。
③ 《台风》。

狗也是人哪！他们不是只在水上漂流的一群没人关心的灵魂啊。他用这个方法，把海与陆联上，把一个人的老年与青春联上，世界与生命都成了整的。时间与空间的距离在他的笔下任意地被戏耍着。

这便更像电影了："掌舵的把桨插入水中，以硬臂用力地摇，身子前俯。水高声地碎叫；忽然那长直岸好像转了轴，树木转了个圆圈，落日的斜光像火闪照到木船的一边，把摇船的人们的细长而破散的影儿投在河上各色光浪上。那个白人转过来，向前看。船已改了方向，和河身成了直角，船头上雕刻的龙首现在正对着岸上短丛的一个缺口。"（The Lagoon①）其实呢，河岸并没有动，树木也没有动，是人把船换了方向，而觉得河身与树木都转了。这个感觉只有船上的人能感到，可是就这么写出来，使读者也身入其境地去感觉；读者由旁观者变为故事中的人物了。

无论对人物对风景，康拉得的描写能力是惊人的。他的人物，正像南洋的码头，是民族的展览会。他有东方与西方的各样人物，而且不仅仅描写了他们的面貌与服装，也把他们的志愿、习惯、道德……都写出来。自然，他的欧洲人被船与南洋给限制住，他的东方人也因与白人对照而没完全得到公平的待遇。可是在他的经验范围里，他是无敌的；而且无论如何也比 Kipling② 少着一点成见。

对于景物，他的严重的态度使他不仅描写，而时时加以解释。这个解释使他把人与环境打成了一片，而显出些神秘气味。就我所

---

① 《环礁湖》。
② 吉卜林（1865—1936），英国作家，1907 年诺贝尔文学奖获得者，代表作《基姆》《丛林故事》。

知道的,他的白人大概可以分为两类:成功的与失败的。所谓成功,并不是财富或事业上的,而是由责任心上所起的勇敢与沉毅。他们都不是出奇的人才,没有超人的智慧,他们可是至死不放松他们的责任。他们敢和台风怒海抵抗,敢始终不离开要沉落的船,海员的道德使他们成为英雄,而大自然的残酷行为也就对他们无可如何了。他们都认识那"好而壮的海,苦咸的海。能向你耳语,能向你吼叫,能把你打得不能呼吸"。可是他们不怕。Beard 船长,Mao Whirr 船长,Allistoun 船长,都是这样的人。有这样的人,才能与海相平衡。他的景物都有灵魂,因为它们是与英雄们为友或为敌的。Beard 船长到船已烧起,不能不离开的时候才恋恋不舍地下了船,所以船的烧起来是这样的:

"在天地黑暗之间,她(船)在被血红火舌的游戏射成的一圈紫海上猛烈地烧着;在闪耀而不祥的一圈水上。一高而清亮的火苗,一极大而孤寂的火苗,从海上升起,黑烟在尖顶上继续地向天上灌注。她狂烈地烧着;悲哀而壮观像夜间烧起的葬火,四面是水,星星在上面看着。一个庄严的死来到,像给这只老船的奔忙的末日一个恩宠,一个礼物,一个报酬。把她的疲倦了的灵魂交托给星与海去看管,其动心正如看一光荣的凯旋。桅杆倒下来正在天亮之前,一刻中火星乱飞,好似给忍耐而静观的夜充满了飞火,那在海上静卧的大夜。在晨光中她仅剩了焦的空壳,带着一堆有亮的煤,还冒着烟浮动。"

类似这样的文字还能找到许多,不过有此一段已足略微窥见他怎样把浪漫的气息吹入写实里面去。他不能不这样,这被焚的老船并非独自在那里烧着,她的船员们都在远处看着呢。康拉得的景物多是带着感情的。

在那些失败者的四围，景物的力量更为显明："在康拉得、哈代，和多数以景物为主体的写家，'自然'是画中的恶人。"是的，他手中那些白人，经商的、投机的、冒险的，差不多一经失败，便无法逃出——简直可以这么说吧——"自然"给予的病态。山川的精灵似乎捉着了他们，把他们像草似的腐在那里。Victory 里的主角 Heyst 是"群岛的漂流者，嗜爱静寂，好几年了他满意地得到。那些岛们是很安静。它们星列着，穿着木叶的深色衣裳，在银与翠蓝的大静默里；那里，海不发一声，与天相接，成个有魔力的静寂之圈。一种含笑的睡意包覆着它们；人们就是出声也是温软而低敛的，好像怕破坏了什么护身的神咒。"Heyst 永远没有逃出这个静寂的魔咒，结果是落了个必不可免的"空虚"（nothing）。

Nothing，常常成为康拉得的故事的结局。不管人有多么大的志愿与生力，不管行为为好坏，一旦走入这个魔咒的势力圈中，便很难逃出。在这种故事中，康拉得是由个航员而变为哲学家。那些成功的人物多半是他自己的写照，爱海，爱冒险，知道困难在前而不退缩。意志与纪律有时也可以胜天。反之，对这些失败的人物，他好像是看到或听到他们的历史，而点首微笑地叹息："你们胜过不了所在的地方。"他并没有什么伟大的思想，也没想去教训人；他写的是一种情调，这情调的主音是虚幻。他的人物不尽是被环境锁住而不得不堕落的，他们有的很纯洁很高尚，可是即使这样，他们的胜利还是海阔天空的胜利，nothing。

由这两种人——成功的与失败的——的描写中，我们看到康拉得的两方面：一方面是白人的冒险精神与责任心，一方面是东方与西方相遇的由志愿而转入梦幻。在这两方面，"自然"都占据了重要的地位，他的景物也是人。他的伟大不在乎他认识这种人与景物的关系，而是在对这种关系中诗意的感得，与有力的表现。真的，假如他的感觉不是那么精微，假如他的表现不是那么有力，恐怕他的虚幻的神秘的世界只是些浮浅的伤感而已。他的严重不许他浮浅。像 The Nigger of the "Narcissus"①那样的材料，假若放在 W.W. Jacobs②手里，那将成为何等可笑的事呢。可是康拉得保持着他的严重，他会使那个假装病的黑水手由恐怖而真的死去。

可是这个严重态度也有它的弊病：因为太热心给予艺术的刺激，他不惜用尽方法去创作出境界与效力，于是有时候他利用那些人为的不自然的手段。我记得，他常常在人物争斗极紧张的时节利用电闪，像电影中的助成恐怖。自然，除去这小小的毛病，他无疑的是近代最伟大的境界与人格的创造者。

老舍<br>1935 年

---

① 《"白水仙号"上的黑家伙》。
② 雅各布斯（1863—1943），英国短篇小说家，代表作《猴爪》。

# Joseph Conrad[①]

(1857—1924)

他的名字正式写起来是 Teodor Józef Konrad Korzeniowski。他的父亲是波兰的地主,非常爱国,总想使波兰能够恢复独立的地位。一八六三年革命失败,被流徙到 Vologda[②] 去。他的母亲自愿也到这荒凉的地方去做苦工,跟她丈夫做伴,可是身体太弱,不久就过世了。他父亲后来虽然放回来,可惜没有多久也死了。于是我们这位二十年沧海寄身的文豪十二岁时就成为一个孤儿。

他幼年时候对于海就有极强的趣味,成人后决心当个舟子,不管戚友种种劝诱,终于扬帆跟孤舟去相依为命。他的父亲曾将莎士比亚、嚣俄[③]译成荷文,他很早就博览文学作品,深有文学的情调。海上无事时随便写下一本长篇小说,有时间断,有时接续下去,一共写了五年,脱稿后还搁置了许久。后来偶然碰到一位搭客,读他

---

① 康拉德(1857—1924),英国小说家,因擅长写海洋冒险小说,有"海洋小说大师"之称。
② 沃格格达,今俄罗斯联邦西北部一州。境内多沼泽和冰碛丘陵。
③ 今译雨果。

的稿子，劝他出版，这算做他文学生涯的开始，这位上帝派来的搭客就是现在英国最伟大的小说家 John Galsworthy①。

他的著作都是以海洋做题材，但是他不像普通海洋作家那样只会肤浅地描写海上的风浪；他是能抓到海上的一种情调，写出满纸的波涛，使人们有一个整个的神秘感觉。他对于船仿佛看作是一个人，他书里的每只船都有特别的性格，简直跟个别小说家书里的英雄一样。然而，他自己最注重的却是船里面个个海员性格的刻画。他的人物不是代表哪一类人的，每人有他绝对显明的个性，你念过后永不会忘却，但是写得一点不勉强，一点不夸张，这真是像从作者的灵魂开出的朵朵鲜花。这几个妙处凑起来使他的小说愈读，同甘的意味愈永。

他的著作有二十余册，最有名的是 Lord Jim, The Nigger of the "Narcissus", Nostromo② 等长篇小说，Youth, Typhoon, Heart of Darkness 等短篇小说，还有几本散文 A Personal Record③, The Mirror of the Sea④, Notes on Life and Letters⑤，里面尤以《海镜》极能道出海的无限神秘。

这篇是他最有名的短篇小说，里面的事实却是真的，那是他在一八八一年第一次到东方去的冒险故事。亲身经历过的事情因为对于自己太有趣味了，写出来常常平凡得可怜。自己觉得有意思，就

---

① 约翰·高尔斯华绥。
② 《诺斯特罗莫》。
③ 《一个人的一生》。
④ 《大海如镜》，梁遇春将其译为《海镜》。
⑤ 《关于人生与文学的笔记》。

以为别人一定也会喜欢,这是许多自传式小说家的毛病。一篇自述的东西能够写得这么好像完全出于幻想的,玲珑得似非人世间的事实。从这一点也可以看出这位老舟子的艺术手腕同成就了。

梁遇春<br>1931 年

## 《黑暗的心》：人们所能想象的最动人心魄的故事

但丁笔下的地狱——他本来是要描写至高的神权和绝顶的智慧的，但是很奇怪的是同时又描写了让人憧憬的初恋——毫无疑问是所有的文学作品中最著名的。那是一个倒金字塔形状的地狱，里面充斥着自古至今的意大利的鬼魂幽灵，以及让人难忘的十一音节诗的音律。

但是，比地狱可怕万分的是《黑暗的心》所描绘的那条非洲河流，也就是马洛船长所在上面追寻的非洲之河。河流的两岸是倒塌的废墟和密不透风的让人压抑的丛林，但是这些也许就是他追寻的目标——神秘而可怕的库尔兹——的浓重的投影。1889年，奥多·约瑟夫·康拉德·科尔尼奥夫斯基沿刚果河上溯到了斯坦利瀑布；1902年，他就用今天已经非常著名的名字"约瑟夫·康拉德"作为署名，在伦敦出版了《黑暗的心》。这或许是人们所能想象的最动人心魄的故事。

康拉德用英语写下的故事，甚至可以和巴赫的音乐相媲美。

但是据赫伯特·乔治　威尔斯所说，康拉德的英语口语却十分笨拙。这个并不重要,一旦康拉德开始写作,他对于英语的把握,又开始流畅、精妙,令人钦佩。

  最后说一下,康拉德,这个波兰革命者的孩子,1857 年,在动荡不安的乌克兰出生;1924 年,在英国的肯特郡去世。

博尔赫斯

# 目　录

## 代序 / 1
一个近代最伟大的境界与人格的创造者　老舍 / 1
Joseph Conrad　梁遇春 / 11
《黑暗的心》：人们所能想象的最动人心魄的故事　博尔赫斯 / 15

## 黑暗的心 / 1
第一章 / 3
第二章 / 43
第三章 / 76

## 青春 / 109

## 后记 / 149
干得漂亮 / 149

# 黑暗的心

## 第一章

巡航小艇"内莉号"连帆片也没有摆动一下,便荡到锚地,停泊下来。潮水已经涨起,风势也近乎平静,要沿河而下,唯一可做的事情便是将船停住,等待潮水调转的时机。

泰晤士河的入海口在我们面前展开,宛如一条无尽水路的开头。远方的水面上,海洋与天空连成一片,找不到一条缝隙,在这片明晃晃的空间中,那些随着潮水向上漂去的驳船的褐色风帆,好像纹丝不动地停在一丛丛高耸的红色帆片中间,斜桅上的亮漆闪闪发光。低处的河岸,缭绕着一层薄雾,在平展地向海洋绵延的路途中渐行消失。格雷夫森德的上空已经黑下来了,再往远处像凝缩为一团悲戚戚的暗影,静静地笼罩在这座世界最庞大、最伟大的城市之上。

公司经理是我们的船长,也是我们的老板。他站在船头向大海张望,我们四个则深情地盯着他的脊背。在这整条河上,没有任何东西比这一情景更富有海洋情调。他似乎是一个领航员,对海员来说简直是安全可靠的化身。但很难理解,他的工作竟然不在外面那片明亮的河口中,而是在他的身后,在那片挥之不去的暗影里。

就像我曾在哪里说过的那样，海洋将我们维系在一起。除了在漫长的别离期间将我们的心儿连在一起，它还使我们惯于忍受彼此的信口开河——甚至是自以为是。律师——顶好的一位老伙计——以他多年的资历和若干的美德，正享用着甲板上唯一一块靠垫，躺在仅有的一张地毯上。会计已经掏出来一盒多米诺骨牌，堆叠玩弄着。马洛靠着后桅，盘腿坐在正船尾的位置。他的双颊凹陷下去，面色发黄，脊背挺直，活脱脱一副苦行僧的模样，两臂垂落，手掌外翻，又像一尊神像。锚拴好了，经理很满意，便向船尾走来，坐在我们中间。我们懒散地交谈了几句。此后，小艇的甲板上寂静下来。不知为什么，我们没有开始玩牌。每个人都出着神，无事可做，默默地瞪着眼睛。在一片安然的宁静与曼妙的辉煌中，长日将尽。水面映着和平的光芒；纤尘不染的天空透着无瑕的光亮，亲切而辽远；艾塞克斯沼泽上方的迷雾如一层明亮的薄纱，由内地的山林升起，将低处的河岸掩入它透明的帐幔。只有在西方，那笼罩在河道上游的暗影，像是被落日的迫近所激怒，每一刻都显得越发阴郁。

终于，太阳倾斜着，浑然不觉地降下去，沉到了低处，由炽烈的白色转为毫无光热的暗红，像是要一下子消逝将去，坠死在那片笼罩于众生上方的暗影之中。

水面也随即为之一变，那股宁静暗淡下来，却显得更加深远。薄暮里，这条古老的河道——在历经多少世代，造福于夹岸而居的人群之后——安静地憩息在它宽阔的流域中，铺陈出一条宁静庄严的水道，通向海角天边。我们望着这令人肃然起敬的水流，在它里面流去的不是往而不复的一日的短暂时光，而是那永恒记忆的令人敬畏的光芒。正如人们所说，对于一个追随着大海、尊敬又热爱着大海的人来说，没有什么比唤起对泰晤士河下游的伟大古思来得容易。潮流顺从它无休无止的使命去而复返，满载着对一切人物与船只的记忆。正是这条河流，将它们带回安息的家园，或是带往战斗的汪洋。它了解并服侍过所有这个国家引以为傲的人，从弗朗西斯·德雷克爵士到约翰·富兰克林爵士，所有的骑士，无论受封还是没受封的，他们都是伟大的海洋游侠。它曾推送过一切名字如夜明珠般的船儿，从满载着宝物归来、受到女王陛下接见、从此名垂史册的"金鹿号"，到前往别处征讨、一去不返的"厄瑞波斯号"和"恐惧号"。它了解所有这些船儿与人儿。它们从德特福德、从格林尼治、从艾利斯出发，满载着冒险家与垦殖者；那里面有国王的舰船，有生意人的船舶；有船长，有商船队长，有东方贸易的走私犯，也有受命上任的东印度舰队的海军大员。黄金的猎手，名利的狂徒，无不沿着这道水流走出去，他们明火执仗，既是那内陆强权的信使，又是那神圣之火的炬手。有什么伟大的事物不曾随着这条河流的落潮而漂进那个全然未知的神秘世界！……凡人的梦想，共和的种子，帝国的萌芽。

太阳落下去；夜幕降临在河上，岸上的灯火次第亮起。矗立在一片烂泥滩中的三条腿的查普曼灯塔，发射出强烈的光芒。船只的灯光在航线上移动着，上下往来。上游河道的西方远处，那庞然大物般的城市仍在天穹下不祥地高耸着，像阳光的一团阴沉的暗影，群星下的一片灰白的光亮。

就在这时，马洛忽然说，"这也是世界上最黑暗的地方。"

他是我们中间目前唯一一个仍在以海洋为生的人。关于他，人们所能讲的最坏的一句话便是，他并不是他那个阶层的代表。他虽是一位海员,却是一个流浪者,而大多数的海员——倘若可以这样说——则过着家中静坐一般的生活。他们的心境就像那些足不出户的人一样安稳,他们的家园也就是他们的船只,随时随地都伴在他们身边;至于他们的祖国——大海——也是如此。船儿之间几无不同,而大海也总是一个模样。在这种一成不变的环境中,所有一切异域的海滩、外族的面孔、变化无穷的生活悄然滑过,并非蒙着一层神秘的面纱,而是有着些许蒙昧无知的意味;因为除了海洋本身,对于海员来说就再无神秘的东西,它才是他们与之共生的情妇,像命运一样不可理喻。至于其他的东西,在终日的工作之后,他们只消去岸上随意闲逛一番或是恣意狂欢一场,便足以揭开一整片大陆的秘密,而通常他们会发现,这种秘密是不值得去了解的。海员们的故事都是直截了当的,那里面的所有含义就像一颗核桃仁。但倘若抛开他信口开河的毛病不提,马洛却不是这样,对他来说,事情的要旨并不是像一颗核桃仁那样藏于内部,而是包裹在一段故事的外部,就像是一团光亮周遭散发的雾气,也像有时候在朦胧的月亮周围出现的那些迷雾般的晕轮。

他的话并不让人意外。马洛就是这样的人。我们默默地听着。没有人想要咕哝一声;接着,他慢吞吞地讲道——

我刚想到很早之前,罗马人刚来这里的时候,一千九百年前——就像不久之前的某一天……光明从这条河上扩散出去——你们说的骑士团?是的;不过,它像是平原上一簇移动的火焰,像是云团中一道裂开的闪电。我们仍生活在那闪光之中——但愿这古老的地球还在转动,它就会持续下去!但这里昨天还是一团黑暗。想想吧,地中海里一艘漂亮的——呃,你们管它叫什么——三桡战船的一位突然奉命北进的指挥官的那些感受；他仓促地打陆地上穿过高卢；前去接管罗马人——他们一定是一些能工巧匠——过去常造的那样一条小艇，显然在一两个月里他们就能造上百艘，如果书里讲的东西可信的话。想想吧，他就在那儿，大海是铅色的，天空是烟色的，一艘像六角手风琴那样古板的船——带着补给，或是军令，或是别的什么，沿着这条河北上而去。一路走过沙洲、沼泽、森林和蛮邦，几乎没有一个文明人可以吃的东西，只有泰晤士的河水可以喝。船上没有费勒纳斯白葡萄酒，也不能靠上岸去。偶尔可以看到一座兵营散落在荒野中，就像一捆干草里面的一根针，寒冷、迷雾、风暴、疾病、流放，还有死亡，空气、水、灌木丛，死神时刻潜藏在那里。他们一定会像苍蝇一样地死在这里。哦，是的，他做到了。他做得也很好，毋庸置疑，而且他不会对此考虑太多，也许除了后来会向人夸耀自己当年经历的一切。他们是一些够格面对黑暗的汉子。也许，他是受了未来的鼓舞，巴望着有一个机会可以被提拔到在拉文纳的舰队中，如果他有一些不错的朋友又能够熬过恶劣的气候的话。再或是想象一个体面地穿着宽袍子的年轻公民——也许是赌场失意，你们知道——跟在一些长官、税吏甚至是商人后面，想前来扳回自己的运气。他从一片沼泽地登陆，行进在丛林里，来到内陆的某个驿所，感受着紧紧环绕在四周的那种蛮荒，彻底的蛮荒，荒野中所有一切神秘的生活，在森林、丛莽和野蛮人的心中激荡着。这种神秘也没有任何端倪。他不得不在这样一团无可理喻、令人憎恶的事物中间生活下去。此外，它还有一种魅力，在他身上产生作用。那是一种可憎之物的魅力，你们知道。想想吧，那种滋长的懊悔，逃离的盼望，无力的厌恶，那种无奈，那种痛恨。

他停住了一下。

听着,他又开始了,一条胳膊从肘部向上举起,手掌向外翻着,两条腿交叠在身前,于是,这姿势看起来很像一尊身穿西装的佛陀,只是没有莲台——听着,我们谁都不会有这种一模一样的感受。是效率拯救了我们,对于效率的忠诚。不过,这些家伙并没什么了不起,真的。他们不是殖民者,他们的治理只不过是在榨取,我想再也没有别的。他们是征服者,因此所要的不过是强力——这并不值得吹嘘,当你的强壮只是对手虚弱的结果的时候,你便拥有它了。他们竭尽所能,大肆搜刮。那只是挟暴力而来的劫掠,大肆地屠戮,人们也盲目地一拥而上——对于那些对付黑暗的人,这是自然不过的。对于一片土地的征服,如果只是意味着将它从一些肤色较我们更深或是鼻子较我们略平的人们那儿夺走,那么,深入地看去,这一点都算不上是漂亮的行径。真正可以补救它的,只有思想。一种藏于它背后的思想;不是虚情假意的托词,而是一种思想;是一种思想里的毫不为己的信念——某种你可以树立起来,在它面前屈身下去,并为之牺牲的……

他停住了。灯火在河中游移着,那些小小的绿色的灯火,红色的灯火,白色的灯火,彼此不断追逐着、赶超着、交汇着、穿梭着——又缓然或匆匆地分开。我们望着这些,耐心等着——涨潮结束前是无事可做的;仅仅是沉默了一小会儿,他再开口的时候,用的是一种犹豫不决的腔调。我想你们这些伙计还记得,我曾有一阵子转作内河水手。这样一来我们便知道,在潮水开始退去之前,是免不了要听马洛讲一段他的不知所云的经历了。

我不想拿我个人的一些事情来叨扰你们,他开始了,带着许多讲故事之人所常有的毛病，像是吃不准他们的听众最想听什么。然而，要想知道它对我造成的影响，你们应该了解我是如何到那里去的，见到了什么，又怎样沿着那条河溯流而上，到了我见到那个可怜的家伙的地方。那儿是我的航程的末端，也是我阅历的顶点。它看上去像是用一种光照亮了我的一切，照进了我的思想。它也是阴郁的——悲惨的——不见得多么特殊——并非十分清亮。是的，并不清亮。不过，它似乎确实投下了一种光亮。

当时，就像你们记得的那样，我刚刚从一些印度洋、太平洋、中国海——一些往东方去的定期航次，跑了有六年——的航程中回到伦敦，四处逛荡，跑去你们的工所打扰你们，闯进你们家里，就像得到了什么神启要搭救你们一样。那是一段很好的日子，但不久之后，我就厌倦这样的平静了。之后，我开始想找一条船——这是我能想到的世上最难的差事。但那些船没有一条看上我，而我也觉得烦了。

我在还是一个毛头小子的时候，对地图特别着迷。常常连几个钟头盯着南美洲、非洲或是澳大利亚，让自己陶醉在探险家的荣耀里面。当时，那上面的土地有许多空白之处，每当我看到极具魅力的一块——可惜它们看上去都是这样——便将手指放在上面，说"长大后我要去那里"。我记得，北极点便是其中一处。其他的地点，便散落在赤道周围，还有两个半球的每个纬度带上。我确曾到过其中某些地方，而且……好吧，我们不讲那个。不过，还有一处——这样说吧，它是最大、最空旷的那个——我满心向往的地方没有去过。

说实话，如今它已经不再是一片空白之地。自我的少年时代以来，它已经填上了许多河流、湖泊和名字。它不再是一块充满神秘、令人快活的白地，不再是一块空白，可以让一个男孩憧憬着那上面的荣耀。它变成了一个黑暗的地方。然而，在它里面，那儿有一条奇特的河流，那是一条巨大的河流，你们可以从地图上看见它，就像一条大蛇盘绕着，把脑袋浸没在海里，身子蜷曲在远处一个广阔的国度中，尾巴消失在陆地深处。我从一个商店的橱窗中看着这幅地图，它令我着迷，就像一条蛇诱惑着一只鸟儿，一只傻呆呆的小鸟。随后，我想起来，那儿有一个大财团，有一家在那条河上做生意的公司。见鬼！我心里盘算着，在那样一大片河面上，他们做生意总不能没有一些像样的船吧，比如汽轮！我何不试着去带上那样一条？我沿着舰队街走开，这想法在脑子里挥之不去。我被那条蛇迷住了。

你们都知道，那是一个大陆财团，是一家商社；不过，我有好些亲戚住在大陆那边，据他们所言，是因为那里物价低廉，并且也不像看上去那样糟糕。

不得不说，我要去麻烦他们了。对我而言，这已经是破格了。你们知道，我做不来这样的事情。对于自己想去的地方，我一向是单枪匹马、只身独往的。我自己也难以相信；不过，你们看，当时我想去那里，已经到了不择手段的地步。于是，我便真的去请他们帮忙了。那些男人嘴上对我说着"亲爱的伙计"，但是什么也没做。然后，你们信吗？我去走了女眷们的门路。我，查理·马洛，竟然要靠女人帮忙，去搞到一份差事。天哪！好吧，你们看，那想法把我逼到了什么份儿上。我有一位姨母，是一个热心肠的好人儿。她给我写信讲："真是可喜。我愿意做任何事情，为了你。这是一个极好的想法，我认得那管事机构中一个位高权重之人的太太，还有一位颇有影响力的先生。"如此云云。既然我一心喜欢，她便已决定要急匆匆地忙碌起来，为我谋一条内河汽轮的船长来做了。

我得到了任命，这是当然的；而且是没过多久的事。看上去，是那家公司收到消息，说他们的一位船长在一场与土著人的冲突中被杀死了。这是我的机会，并且，这让我更想到那里去。后来我花了好几个月的时间，才找回他的遗体，而且据说，最初的争吵是由关于一些母鸡的误会开始的。没错，是两只黑母鸡。佛瑞斯利文，这是那个家伙的名字，一个丹麦人，他觉得自己在价钱上吃了亏，就跳上岸去拿棍子痛揍那个村子的酋长。啊，听说这事儿我一点儿都不以为奇，而与此同时，还有人告诉我说，这个佛瑞斯利文是一切能走会动的人儿里面最温和、最安静的一个。毫无疑问，他曾是那样的人；不过，他已经在那里过了好几年，为了那种崇高的事业，你们知道，他可能觉得有必要用某种方式来维护一下他关于个人尊严的主张。因此，他狠狠地教训了那老黑人一顿，当着一大群他的村民的面，他们都被慑住了，直到有人——听说是酋长的儿子——听见那老家伙的惨叫，情急之下，拿一杆矛枪试探着戳过去，显然，它很容易便扎进了他的两肩之间。然后，整个人群就消失在了丛林里，好逃避一切可能的灾祸，同时，佛瑞斯利文所带的汽轮也仓皇跑掉了，我想是轮机手接管了它。此后，似乎便也没人愿意为佛瑞斯利文的尸首操心费力，直到我前去接了他的差事。不过，我不想把它丢在那儿；而当我终于有了机会，同我的这位前任见面时，野草已经从他的肋条间长出来，高到盖住了他的骸骨。它们都在那里。从他倒下之后，这超然之物就没有被碰过。那座村庄被废弃了，那些小屋黑洞洞地敞着，朽烂起来，歪斜在倾圮的篱落中。肯定，这里发生过一场灾祸。村民都消失了。疯狂的恐惧让他们四散逃去，男人、女人和孩子，从丛林中跑开，就再也没有回来。至于那些母鸡怎样了，我也不知道。总之，我觉得事端都是由它们而起的。但不管怎样，我算是因为这个光辉的事件得到了任命，此前我还没有抱着太大的指望。

我东跑西颠地做着准备，还不到两天，我便已经在穿越海峡，赶去见我的雇主，并签下那份合同。几个钟头之后，我来到一座城里，那城市总使我联想到一座白色的坟墓。这显然是偏见。我没费什么工夫便找到了那家公司的办事处。它是城里最大的建筑，我遇见的每一个人都对它十分了解。他们正打算要经营起一个海外帝国，通过贸易挣来源源不断的钱。

一条狭窄而荒废的街道铺在深暗的阴影中，数不清的窗户拉着软百叶窗，死一般的寂静，石缝中抽出野草来，左右两边是气派的马车拱道，一些巨大的对开门扇沉沉地半掩着。我从其中一条缝隙钻进去，走上一道洒扫干净、不带装饰、如荒漠般死气沉沉的楼梯，然后推开了路过的第一扇门。有两个女人，一个胖的，一个瘦的，坐在干草垫子的椅子上，正在织着黑色的毛线。瘦的那个站起身，径直朝我走来——仍然低头织着毛线，只是在我正要从她的来路上跳开时，就像给一个梦游者那样让路时，她才站住，抬起头来看。她的衣裙朴素得像是一只雨伞套子，她转过身去，一声没吭便将我领到一间接待室里。我报了自己的姓名，四处望了一下。中间一张杉木桌子，环墙是一些朴实的椅子，房间一端是一张巨大的、发亮的地图，用所有各种色彩做着记号。有大量是红色的——在任何时候看了都叫人高兴，因为由此可以知道，一些实质性的工作已经在那里取得进展，还有许多是蓝色的，一小部分绿色，一些橙色的斑点，东海岸是一块紫色，显示已经有快活的先驱开拓者在那里痛快地喝着窖藏啤酒。然而，这些地方没有一个是我要去的。黄色地区才是我要去的。就在正中间。那条河就在那里——那样迷人——令人窒息——就像一条蛇。哦！一扇门打开了，一位头发花白的秘书员——带着一副悲天悯人的表情——探出头来，用一根瘦削的食指，把我招呼进了那间至圣所。光线昏暗，一张笨重的写字台摆在中间。从这物件的后面，现出一个穿着大衣的苍白肥硕的人形。这就是那个大人物本人了。我看得出来，他有五英尺[①]六英寸[②]高，手中掌握着许多个价值百万的生意。他同我握手，使我浮想联翩，又含糊地咕哝了两句，对我的法语表示满意。祝你顺利。

过了大约四十五秒，我便发现自己又随着那位慈悲的秘书员，回到接待室里面了，那人带着一脸的忧伤与同情，让我签下了一些文件。我相信，我承担下来的职责里面有一条，是不许泄露商业机密。没错，我肯定不会。

我开始觉得有一点不安。你们了解，我向来不习惯这样的套路，有一些不祥的气氛。好像被卷入了什么样的阴谋——我说不清——有一些不对劲的地方；我很高兴能够脱身出去。在外面的房间里，那两个女人还在织着毛线，如痴如狂。又有人来，年轻的那个前后走动着引导他们。年长的那个仍坐在椅子上。她的平底布拖鞋蹬在一架脚炉上，一只猫蜷卧在她的膝头。她顶着一头僵直的白发，一侧的脸颊上长着一颗疣，银框眼镜架在鼻尖上。她从眼镜上方打量了

---

[①] 英尺：英美制长度单位，1英尺 ≈ 30.48厘米。
[②] 英寸：英美制长度单位，1英寸 ≈ 2.54厘米。

我一眼。那表情中迅疾又漠然的温和,令我不安。两个快活却一脸蠢相的年轻人被引导上前,她也向他们同样投去飞快的、漠不关心的、智慧的一瞥。看起来,她已经了解了他们的一切,也了解了我的一切。一种可怕的感觉支配了我。她看起来神秘而且能看透我们的命运。远离那里之后,我时常想起来这两个人,守着漆黑的门户,织着黑色的毛线,像是要织出一件温暖的棺材幔子,一个不断将人接引入未知之处,另一个用漠然、苍老的眼睛检视着每一张快活而愚蠢的脸蛋。再见!织着黑毛线的老婆婆。将要死亡的人儿向你们致意!被她盯过的人,没有多少可以再见到她——不到一半,远远不到。

医生那里还有一位来访者。"只是一个简单的手续,"那位秘书员向我保证道,带着一副对我的忧心忡忡感同身受的样子。接着,一个帽子斜搭在左边眉梢上的年轻家伙——我猜是某个书记员,生意里一定有书记员的,虽然这房子像鬼屋一样死寂——从楼上哪里出来,带着我向前走去。他显得又寒碜又马虎,衣袖上粘着墨迹,下巴颏的形状像是一只旧靴子的尖头,下面的领带又大又皱。见医生的时间还有点早,于是我提议喝一杯,他便愉快地涨红了脸。我们在苦艾酒前坐下来,他夸耀起公司的业绩,我渐渐随便起来,表达出对于他为什么不去那里的疑问。他变得异常冷静,立刻收了声。"柏拉图对他的学生说,我可不像我看上去那样傻,"他简单回了一句,带着巨大的决心将杯子一饮而尽,我们便站起身来。

那年老的医生摸了我的脉搏,显然一边正想着别的事情。"不错,可以去,"他咕哝道,然后带着某种热切的态度问我,是不是可以让他量一量我的脑袋。真是奇怪,我说可以,他便拿出一个像卡尺模样的东西,前后四周丈量着,一边详细地记录着。他是一个胡子拉碴的小个子男人,穿着一件像是工作服的旧上衣,脚上穿着拖鞋,我觉得他只是一个并不坏的傻瓜。"为了科学的干系,凡去那里的人,离开前我总要量一量他们的脑壳。"他说。"他们回来的时候也要量吗?"我问。"哦,我从没有再见过他们,"他补充道,"再说,那些变化是发生在里面的,你明白的。"他微笑着,像是开着温和的玩笑。"这么说,你是要去那里了。那里很出名,也很有趣。"他打量了我一下,又做了一条记录。"家族中有疯病吗?"他问道,带着含含糊糊的语气。我有些恼火。"这问题也是为了科学的干系吗?""对于,"他说着,并未在意我的恼怒,"科学来说,观察个体的精神变化,会是很有趣的,在这一点上,不过……""你是一个精神病学家吗?"我打断他。"每个医生都应该是——至少要了解一点。"那个怪人心平气和地答道。"鄙人有一个小小的理论,有待你们各位前去那里的先生帮忙证明。在我的国家由这样一块灿烂属地所得的获益里面,这是我应得的一部分。也是我为别人留下的唯一财富。原谅我的问题,不过,你是前来受我观察的第一个英国人……"我立即向他保证,自己并不是典型的英国人。"倘若我是的话,"我说,"便不会这样跟你谈话了。""你的话有些意思,但也许是错的,"他说,一边笑着,"避免日光暴晒,更要避免动怒。再见。用你们英语该怎样讲,嗯?啊,Good-bye。再见。在热带,保持冷静胜过一切。"……他伸出食指来告诫我……"要冷静呀,冷静。再见。"

还有一件事情要做——去向我的那位能干的姨妈道别。我发现她为此事甚是得意。我喝了一杯茶,是那段日子里最后一杯体面的茶水,在所有女士的客厅中,那间屋子看上去是最令人舒适的,我们在壁炉旁有过一段平静的谈话。在这些谈话当中,我清楚地了解到,自己是被当作一个出色而大有天分的人才——天知道还有多少其他人——推荐给那位大人物的太太的,这简直就是公司的福气,这样的人才可不是每天都能得到的。老天!而我就要去掌管一条微不足道的、汽笛像玩具哨子一般的汽轮了!然而,看上去,我还是那上面的重要工作人员之一,你们知道。这差事既像光明的使者,又像低等的圣徒。当时的出版物和讲演中有一大堆这样的屁话,而那位能干的女人,也被这些鬼话蒙住了,失去了她的立场。她大谈着"将那千百万的无知之人从他们可怕的境地当中搭救出来",直到——我敢说——我听得不舒服,我大胆地向她暗示,那公司是为了获利。

"你忘了,亲爱的查理,做工与得酬是相称的。"她愉快地说道。女人与真相就是这样不可调和,真是奇怪。她们生活在自己的世界里,而这样的世界是从来没有的,也不可能有。那可能是一个太美好的世界,即便她们把它建造出来,也会在第一天太阳落山之前土崩瓦解。自受造以来,我们这些男人便一直在心满意足地接受着的那些稀里糊涂的东西,会猛扑上来,把它打翻在地。

在这之后,我得到了拥抱,被告诫要穿法兰绒衣服,要保证常常写信,诸如此类——此后我便离开了。在大街上——不知为什么——我有了一种古怪的感觉,觉得自己是个骗子。奇怪的是,我向来在得到通知的二十四小时内便可以准备去世界任何地方的,那情形并不比大多数人穿过一条马路之前考虑得更多,但有一片刻,我却在这类稀松平常的事情面前——不说犹豫吧,却是吓得呆住了。要用最好的办法向你们解释它,我便只能说,有那么一两秒钟,我觉得自己动身要去的并非是一块大陆的核心,而是地球的核心。

我乘着一条法国汽轮离开,它在每个所经过的该死的港口都要停下来，而且就我所能看到的，是为了放下一些士兵和海关的官员。我观察着海岸。观察一条由船边滑过的海岸，就好像思考着一个谜团。它就在你的眼前——向你微笑、皱眉或招手，或是宏伟或是贫瘠，或是无趣或是野蛮，并且总是沉默着，空气里仿佛有耳语的声音说，"来呀，看一个究竟。"这条海岸几乎没有什么特色，好像仍在形成之中，只有一点平淡无奇的冷峻。一片巨大丛林的边缘，墨绿得几乎只剩下了墨色，装饰着白色的海浪，平直地延伸开去，就像一条用尺子画出来的直线，沿着一片碧海渐行渐远，一团移动的迷雾，将海面的闪光遮得暧昧不清。阳光炽烈，土地看起来像是发着光，沐浴在蒸汽中。随处露出一些灰白色的斑点，聚集在白浪以内，或许还有一面旗帜飘拂在上头。那些定居点已经有好几个世纪了，但同它们后面那片广大的、未受影响的背景比起来，仍不过只是钉头大小。我们一路开进，不断停下来，放下士兵；继续向前，放下海关的税吏，好让他们前去向那片像是被上帝遗忘的荒野课税，留给他们一座铁皮屋子和一根旗杆，散落在野地里；又放下更多士兵——大概是为了保护海关的税吏。他们中的有一些，我听说，会被淹死在白浪中；但究竟是不是这样，没有人会格外在乎。将他们丢在那里，我们就走开了。每一天，海岸看起来都是一模一样的，好像我们根本未曾移动；不过，我们的确经过了各种地方——贸易点，叫作大巴萨姆、小波波之类，像是某些在一块丑恶的布景前上演的下流滑稽剧中的名字。旅途的无聊，置身于那样一群无可共谈的人们中间的孤独，油腻腻、软绵绵的大海，阴暗单调的海岸，似乎令我远离了事情的真相，活在一个痛苦而愚蠢的幻觉里面。不绝于耳的海浪声，听起来倒是一种不错的安慰，像一位自家兄弟在说话儿。这是一种自然的东西，有它的道理，有它的含义。不时有一条从岸上来的小船，带来片刻同现实的交汇。它由一些黑人划动着，你可以从远处看见他们发亮的眼白。他们呼喊着，歌唱着；身上淌着汗水；他们的面孔像是一些古怪的面具——就是这样一些家伙；然而，他们又生着骨骼、肌肉，有一种野蛮的活力，有一种紧张的动能，就像绵延在海岸上的浪花一样自然又真实。他们出现在那里并不需要理由。看着他们，真是一种莫大的安慰。有一会儿，我会觉得自己仍然属于一个简单明了的世界；但这种感觉并不能持久。有些东西会冒出来，将它斥退。有一次，我记得，我们遇见一条泊在海岸之外的军舰。那儿连一处小屋都没有，它正在对着树丛开炮。看来，法国人正在附近进行着他们的一场战事。那军舰的旗子，像一块破布头耷拉着；船体下方遍布着八英寸口径的长炮管，炮口向外探着；油腻腻、滑溜溜的浪涌慵懒地将它高举，又把它放低，摇晃着它瘦弱的桅杆。砰，一支八英寸的炮管响起来；一小簇火焰疾冲出去，随即消逝，一点白色的烟雾也消失了，一颗小小的弹丸发出虚弱的尖啸——宛若泥牛入海。什么都不会发生。我觉得，这过程中有一股神经错乱的感觉，这情景里有一种悲哀的滑稽剧的意味；船上有人言之凿凿地向我保证，有一座土著人——他管他们叫敌人！——的兵营正躲在看不见的某处，但这也不能将它打消。

我们留下它的信件——我听说，那条孤船上的人儿正害着热病，每天要死掉三个——便向前走去。我们还路过了另外一些地方，名字都是傻里傻气的，好像一座座闷热的坟窟，在凝滞而带着土腥味的空气里，死亡与生意正欢快共舞。恶浪沿着不成形状的海岸，一路包围过去，好像大自然本身便有意掰开入侵者；它们在河道中涌进涌出，那是一条条虽生犹死的河流，它们的河岸朽烂成泥泞，它们的河水浑浊为泥浆，漫入歪歪扭扭的红树林，令它们看上去像是处在虚弱绝望至极的境地，朝我们痛苦地扭动着身子。我们没有在任何地方逗留得足够久，可以令我获得某一特定的印象，但是那种整体的感觉，那种模糊而压抑的疑虑却始终在我心头滋长着。它就像是一场疲惫不已、凶兆连连的朝圣之旅。

过了三十多天，我才看见那条大河的河口。我们在首府所在地抛下了锚。然而，我的工作还要向上走大概两百英里才会开始。于是，我尽早动身，向着上游三十英里外的一个地方出发了。

我乘坐的是一条小航海汽轮。船长是一位瑞典人，知道我是一个海员，便请我一同登上舰桥。他是一个年轻人，身材瘦削，模样俊俏，而有些郁郁寡欢，头发又尖又长，走路总拖着步子。当我们离开那座可怜巴巴的小码头时，他轻蔑地朝着海岸摇摇头。"在那里待过吗？"他问。我说，"是的。""太多政府里的家伙，不是吗？"他继续道，英语讲得很是精准却又相当吃力。"很有趣，有些人为了每月几个法郎干着什么工作呀。不知道到了上游的荒野，这情况又会变成什么样子？"我告诉他，我将很快亲眼见到。"哦！"他大喊着，拖着步子向后撤了一下，一只眼睛仍然警觉地盯着前方。"别太肯定，"他继续道，"有一天，我曾载着一个人往上游去，他在半路中把自己吊死了。他也是一个瑞典人。""自己吊死了！老天呀，为什么？"我叫起来。他仍然警觉地向外望去。"谁知道？太阳太晒了吧，或者是因为荒野。"

终于，我们进入了一段河道。出现了岩壁，靠着河岸被冲积上来的土丘，一些房子建在山顶上，另外些 带着铁皮屋顶——

或是盖在坑洼不平的荒地里，或是贴附在斜坡上。一串湍流的水声从上方传来，回荡在这一幅荒野人居的景象之上。有很多人，大多是光着身子的黑人，像蚂蚁一样移动着。一条栈道伸入河中。夺目的阳光，不时地把所有这些拉进一阵阵突然发作的眩光之中。"那就是你们公司的货站，"瑞典人说道，指着岩坡上面三座木棚子模样的建筑，"我会把你的东西送上去。你说有四个箱子？好。再会。"

我在草丛里见到一只滚落的烧水壶，然后看到一条小路，通往山上。它绕过一些巨大的砾石，又绕过一截轮子朝上、仰面躺着的小车厢。一只轮子已经掉了。这东西看上去，像一具动物的死尸。我又见到一些正在锈烂的机械零件，还有一垛生着锈的铁轨。左边的树丛投下一团阴凉，似乎有些黑色的东西正在那儿有气无力地挪动着。我眨着眼，小路很陡。右边传来号声，我看见黑人们跑开了。一声沉闷的爆炸摇动地面，一股烟雾从悬崖上冒出来，没有别的了。岩石表面没有任何变化。他们正在造一条铁路。那道悬崖并不在途中，也没有什么拦住去路；可是，毫无目的的爆炸就是正在进行的所有工作。

身后隐隐的叮当声让我回过头去。六个黑人列成一队，正吃力地沿小路走上来。他们直挺挺、慢吞吞地走着，保持着头顶上装满泥土的小篮子的平衡，脚下踩着跟那叮当声相同的步子。他们腰间围着黑色的布条，露出的一头悬在身后，像尾巴一样来回摆着。我看得清他们的每一条肋骨，四肢的关节好像绳结；每人都戴着一个铁颈环，一根铁链把它们串在一块，在他们中间晃荡着，有节奏地叮当作响。从悬崖传来的另一声爆炸，令我忽然想起所见到的那条朝着一片陆地开炮的军舰。它也一样不是吉利的预兆；但丝毫不能想象，这些人会被叫作敌人。他们被称为犯人，而勃然大怒的法律——就像那些爆炸开来的炮弹——随之降临在他们身上，这就是一种跨越重洋、无从理解的神秘。他们枯瘦的胸脯一同起伏着，急剧扩张的鼻孔颤抖着，眼睛呆呆地盯着山顶。他们带着那种不幸的野蛮人的完全的、死人般的冷漠，从我身边不到六英寸远处经过，都没有看一眼。在这一群生番后面，是一个受过改造的家伙，他是新力量发挥作用的产物，正垂头丧气地逛荡着，拦腰拎着一支步枪。他穿着一件制服夹克，扣子掉了一粒，看见路上有一个白人，便立即把枪扛在肩上。这只是出于小心，白人从远处看上去都差不多，他也认不出我是什么人。他随即放心了，咧开大嘴，露出白牙，卑劣不堪地笑起来，并扫了一眼他的犯人，那样子好像要把我当作他的伙伴，给了我他宝贵的信任。毕竟，我也是这些崇高而公正的进程的伟大缔造者的一分子。

我没有继续向上，而是转弯朝左边走下去。我是想，让那一帮铁链苦囚走没了影，我再上山。你们了解，我并不太心软；我只是被震惊了，想要回避一下。我曾经不得不反抗，向一些东西发起攻击——那是抵抗的唯一办法，并且鉴于自己已经莽撞涉入其中的那类生活的种种需要，不太会考虑代价。我见识过暴力的魔鬼，贪婪的魔鬼，欲火的魔鬼；但是，日月星辰啊！这可都是一些顽固、强壮、红着眼睛的魔鬼，统治着人，驱役着人——那可是人呀，我告诉你们。不过，当我站在山坡上便已经预见到，在这片土地的夺目的阳光里，自己将结识一个疲软无力、虚张声势、鼠目寸光的魔鬼，它贪婪成性、毫无怜悯。至于它还有多么阴险，则要等几个月后我来到一千英里外，才会探个究竟。我失魂落魄地站了一会儿，像被某种不祥之兆吓住了。

最后，我兜着圈子走下山，向先前看见的树丛走去。

我绕过山坡上的一座巨大的洞穴，一些人正在开挖着它，说不出来有何用途。总之，它不是采石场，也不是采沙坑。就是一个洞。也许，它只是出于仁慈的必要，给这些犯人一点事情可做。我不知道。随后，我险些掉进一条极窄的山涧，它顶多不过像是山坡上的一条裂缝。我发现，那里面嵌着一些给定居点供水的引水管。没有一根不是破的。它是被有意破坏的。最后，我来到那些树下。我本想走到阴凉里躲一会儿；但刚迈进去，就觉得自己像踏入了阴森森的地狱。那些湍流就在近处，那一刻不停、声调不变的急匆匆、哗啦啦的声响，充斥在林间悲伤的寂静中，没有一丝风儿吹动，没有一片叶子翻动，只有那神秘的声响——如果那转动的地球的痛苦的脚步声可以被听见，大概也就像是这样。

一条条黑色的人形蜷伏在那里，躺着的，树间坐着的，靠着树干的，趴在地上的，一半被昏暗的光线抹掉，一半显露出来，现出一切痛苦、颓败与绝望的形态。悬崖上的爆炸又响了一声，我脚下的泥土也随之微微颤动。工作还在进行。工作！而这里，就是一些雇工退下来等死的地方。

他们正在慢慢地死掉，很显然。他们不是敌人，不是犯人，也不是尘世活人——只是一些黑色的、疾病与饥荒的影子，横七竖八地躺在绿色的幽暗中。凭着一纸时间合同的所有合法性，他们被从所有海岸的深处带出来，丢在水土不服的环境中，吃着无法适应的食物，直到生起病来，干不动了，才被允许爬去休息。这些垂死的人形像空气一样自由了——也几乎像空气一样瘦薄。我开始能看清树下那些眼睛的微光。然后，我向脚下扫了一眼，看到跟前的一张脸。一架黑色的身骨整个弯曲着,一只肩头靠在树上,缓缓抬起眼皮,拿深陷的眼睛向上看着我,那眼睛茫然地大睁着,像是瞎了,眸子深处泛着白光,正慢慢地消逝。那人看上去还年轻——几乎还是个孩子——不过你们知道,很难分辨他们的年纪。除了把我口袋里、那好心的瑞典人船上的饼干给他一块,我找不到别的事情可以做。手指慢慢合拢,把它抓住——之后,就再也没有别的动作和眼神了。他在脖子上系着一圈白色的毛线——为什么呢?他在哪里得到的这东西?它是一个记号,一件装饰,一道符咒,还是一种安慰?有何意义呢?这一截来自海外的白线,缠绕在他黑色的脖颈上,显得如此突兀。

同一棵树附近,还有两把折成锐角的瘦骨头,都直挺挺地伸着腿。一个把下巴架在膝头,两眼空空地瞪着,显出令人目不忍睹的可怕模样;他的另一个幽灵兄弟,额头靠在膝上,看起来疲惫极了;所有其他人,也都以各种扭曲、颓废的姿势四散着,那情景,就像某些屠杀或瘟疫的画面。我慌乱地站在那儿时,这群生物中的一个用手掌和膝盖支撑着身子,爬去河边喝水。他从手掌中舔着,随后在阳光中坐起来,把小腿盘在身前,没过多久,他毛茸茸的脑袋就垂落在了胸前。

我不想再在这片阴凉地里逗留,于是匆匆向货站走去。靠近那些建筑时,我遇见了一个白人,他穿戴得那样讲究,实在意外,让我第一眼看上去以为是个幻象。上浆的高领,洁白的袖口,一件浅色的驼绒夹克,雪白的裤子,干净的领带,还有一双亮漆的靴子。没戴帽子。头发分着,刷过,擦过油,躲在一顶绿纹的阳伞下,一只白皙的大手撑着它。他真是令人吃惊,耳朵后面还架着笔杆。

我跟这奇迹般的人儿握了手,得知他是公司的主任会计,一切账簿都是在这个货站记录的。他出来待了一会儿了,他说,"为了喘一口新鲜空气。"这说法听起来有些古怪,暗示着那种伏案久坐的生活。我本来一点也不愿向你们提到这个家伙,只是因为从他嘴里,我头一次听到一个人的名字,那人跟我在那一段时间中的记忆,是密不可分的。况且,这也是一个我尊敬的家伙。是的,我尊敬他的高领,他的大袖口,还有那刷过的头发。他的外貌,真像理发店里的假人;可是,在这样一片大大堕落的土地上,他居然还能保持这样一副尊容。好样的。他上浆的衣领和笔挺的胸衣,都来自于他的性格。他已经出来将近三年了;稍后,我忍不住问起,他是怎样浆洗这些布料的。他的脸微微红了一点,谦逊地说,"我一直在教一个土著女人帮货站做事。这有点难。她不喜欢这工作。"这人还真的做成了一些事情。他专注在自己的账簿上,做得井井有条。

货站其他的事情,却一塌糊涂——无论人员、物件,还是建筑。成队的灰头土脸的黑人撇着脚来到这里,又死掉;络绎不绝的工业制品、烂棉絮、珠子和铜丝,被送入黑暗的深处,换回来源源不断的宝贵的象牙。

我不得不在这个货站里等上十天——简直像是永世。我住在院子中的一间小屋里,但要逃出那嘈杂的声音,只能躲到会计的办公室去。它由平铺的木板搭成,它们拼凑得如此差劲,以至于当他伏在自己的高脚桌上,便会有条条阳光投在他的脖子与脚跟之间。根本不用打开那扇大百叶窗向外看。那里也很热;大苍蝇凶巴巴地嗡嗡叫着,简直不是在叮人,而是在蜇人。我通常坐在地板上,而他就带着那副一丝不苟的尊容——甚至还带点儿香味——坐在一张高板凳上，不停地写呀写呀。不时地，他要站起来活动一下。当一张躺着一个病人——上游荒野某个害病的代理人——的矮床在里面支起来的时候，他表现出一点微微的厌恶。"那个病人的呻吟，"他说道，"分散了我的注意。即便没有这个，要在这种气候里避免记错，都已经很难啦。"

一天，他头也没抬地讲道，"到了内地，你一定会见到库尔兹先生。"我问库尔兹先生是谁，他说他是一位一流的代理人；看到我对这一信息不大满意，他又撂下钢笔，慢慢补充道，"他是一个非常了不起的人。"他更多的回答表明，库尔兹先生目前掌管着一个贸易所，那是非常重要的一个，位于真正的象牙荒野，在"这儿的最尽头。送来的象牙有其他所有人加起来那样多……"他又开始写了。那病人难受得直叫唤。苍蝇在巨大的宁静中嗡嗡飞动。

突然，传来一阵声音渐高的碎语和巨大的脚步声。进来一支运输队。木板的另一边，响起一阵语气激烈、声音粗鲁的胡言乱语。所有的脚夫一起开口说话，在这一团喧哗中间，只听见主任代理那可怜巴巴的腔调叫喊着，"别吵啦，"这泪汪汪的声音在当日已经响起过二十次了……他慢慢起身。"多么可怕的动静。"他说。他轻轻地穿过房间，去察看那个病人，又走回来，对我说，"他听不见。""怎么！死了？"我问道，被吓了一跳。"不，还没有。"他回答道，显得十分沉静。然后，用一阵摇头指责着货站院内的骚乱。"当一个人不得不把账目记入正确的科目时，他就会痛恨那些野蛮人——恨死他们了。"他沉思了片刻。"当你见到库尔兹先生时，"他继续道，"请帮我转达给他，这里的一切，"他看了一眼桌面——"都令人满意。我不想写信给他——靠我们的这些信差，你永远不知道，自己的信会落在谁手上——到了那个中央站。"他的那双温和的、淡褐色的眼睛，盯着我看了一会儿。"啊，他将前途远大，十分远大，"他又开始了。"不久之后，他会成为管事机构中的一个大人物。他们，高层——你知道，欧洲的理事会——有意任用他。"

他又回到自己的工作中。外面的噪音已经止住，不久，我朝外走去，在门口停下来。在苍蝇一刻不停地嗡嗡飞鸣中，那位将被送回本国的代理人正满脸通红、昏昏沉沉地躺着；另外一个，则趴在他的账簿上，正在为十分正确的交易做着正确的会计录入；而我望见的那片死亡之林的树梢，就在从门阶向下五十英尺外。

次日，我终于离开那个货站，带着一支六十人的运输队，踏上了一段两百英里的路途。

这里不用跟你们闲话太多。小路，小路，到处都是；那片空地上，印着一张小路织成的网络，四下延伸着，穿过长长的草叶，穿过烧焦的草地，穿过灌木丛，起伏在冷飕飕的山涧中，起伏在热得发亮的石山上；一片孤寂，一片孤寂，没有人，没有一座房子。很早以前，人们就从那里退出去了。好吧，如果有一大群神秘的黑人，带着各种要命的武器突然出现，开进在迪尔到格雷夫森德之间的大路上，把左右的乡巴佬抓起来为他们扛着重担，我想，附近的每一座农场和村舍都会顷刻搬空的。只是在这里，连他们的住处也不见了。不过，我还是经过了几座废弃的村庄。那些草墙的废墟上，留着一些令人难过的、孩子气的东西。日复一日，六十双赤脚踏动着，拖曳着，跟在我身后，每双光脚板上都撑着一个六十磅的担子。扎营，做饭，睡觉，拔营，赶路。不时便有一个脚夫在行进中死去，埋在小路边的深草丛里，一只空空的水葫芦和他的长杆，摆在旁边。

四周和空中，是一片巨大的寂静。也许在某些寂静的夜晚，会传来阵阵遥远的鼓声，低下去，又升上来，忽而辽阔，忽而微弱；那样一种怪异、迷人、隐晦又狂野的声音——也许就像一个基督教国度里的钟声那样，蕴含着某种深远的意味。有一次，一个身穿敞着扣子的制服的白人，带着一队瘦长的桑给巴尔武装护卫，扎营在当路上，他十分热情而快活——虽然说不上喝得太醉。据他自称，他们正在修缮道路。我又磕磕绊绊地向前走了三英里，不能说见到过什么道路，或是任何修缮，倒是看见一具中年黑人的尸体扑倒在路上，额头上露着一个弹孔，或许，这也算是某种一劳永逸的教化。我也有一个白人同伴，是个不坏的家伙，只不过太胖，并且有一种让人来气的毛病，总是在炎热的山坡上昏倒，距离最小的一丁点阴凉和水源，也要有好几英里远。你们了解，把自己的外套像阳伞那样撑在一个正在苏醒的人头上，是一件多么恼火的事情。有一次，我忍不住问，他到这里究竟是为了什么。"当然是赚钱，你以为呢？"他轻蔑地答道。然后，他发起烧来，我们不得不用一根杆子挂上吊床，抬着他走。由于他有十六英石重，我不得不没完没了地跟脚夫们争吵，他们停下来，逃跑，晚上带着他们的包裹溜号——简直是叛乱。于是，一天傍晚，我用英语夹着手势做了一番讲话，让面前的六十双眼睛把每个手势都看得明明白白，接着，第二天早晨，我便安排让吊床在队前先行。一个小时之后，我在灌木丛中见到了整个惨状——那人连同吊床和毯子，呻吟着，又惊又怕。那支沉重的杆子，擦破了他可怜的鼻子。他十分想让我杀死某个人，但附近连一个脚夫的影子都没有。我想起来那位老医生，——"在这一点上，观察个体的神智变化，就科学而言会是十分有趣的。"我觉得，我已经有了一些科学上的兴趣。然而，这一切都徒劳无功。在第十五天上，我再次见到那条大河，并一瘸一拐地走进了中央站。它建在一处河湾上，周围环绕着矮树与丛林，一侧的边界有个漂亮的臭泥塘，另外三面围着一片疯狂的灯芯草篱墙。一道不起眼的豁口就是它的大门，这地方让你一看，便会知道它就是由那个疲软无力的魔鬼所掌管着的。一些手里执着长棍、面色阴沉的白人从建筑中走出来，走上前来看了看我，又退回某个地方藏了起来。其中有一个身材矮胖、情绪激动、蓄着黑髭的家伙，当我告诉他自己是谁的时候，对我啰里啰唆、东拉西扯地讲了好多，说我的汽轮正躺在河底。我惊呆了。什么，怎么啦，为什么？哦，它"很好"。"经理本人"也在那里。一切都好。"人人都做得很出色！很出色！"——"你得，"他激动地讲道，"立即去见一下总经理。他正等着！"

我没有弄清楚那条船的真正处境。现在，我想我明白了，不过仍不确定——完全不确定。显然，这整件事情——当我思索着它的时候——自然都是十分愚蠢的。然而，在那个时候，它就像一个傻瓜一样摆在我的面前。那条汽轮沉了。两天前，他们匆匆忙忙地发动它向上游开去，经理也在船上，指使着某个自告奋勇的船长，开出去还没有三个小时，船底就被石头撕破了，它便沉没在一个靠近南岸的地方。我问自己，可以做点什么，既然我的船沉了。事实上，要把我的差事从河里打捞上来，要做的有很多。我必须第二天就开始动手。这些工作，连同我把那些零件带回站内之后的修复，花了几个月的时间。

我跟经理的第一次见面很有意思。在当日上午赶了二十英里路之后，他并没有让我坐下来。无论就肤色、体征、举止、言谈来说，他都是很寻常的一个人。中等个头，中等身材。他的眼睛虽说是普通的蓝色，却也许显得格外冷漠，这显然使得他打量别人的目光，可以像一把锋利、沉重的斧头那样劈在他身上。但即便在这种时候，他身体的其余部分也在否认着这种意图。比如，他的唇角就有一种含糊、微妙的情态，显得偷偷摸摸的，像是微笑——又不是微笑——我记得那样子，却说不清楚。它是不自觉的，这种微笑，尽管他在说完什么之后，总会以此来强调一下。它就像行文后面的印章，戳在他的每一番讲话的末尾，好让他的那些寻常谈吐的含义，听上去完全难以理解。他是一个普通的生意人，从年轻时便受雇在这一带——再没别的。人们都服从他，然而，他却不能让人爱戴或是害怕，甚至也不能尊敬。他令人不快！就是这样！不快。并非一种确定的疑虑——只是不快——再没别的。你们想象不出，这样一个主事者……会有……怎样的效率。他没有组织的才能，创造的才能，甚至连命令的才能都没有。这便是许多事情的证据，就像那个货站所处的可悲的境地。他没有学识，也没有智慧。他的职位落在他身上——为什么会这样？也许，是因为他从不生病……他已经在这里工作了三个三年的任期。因为在任用的一般规矩中，出色的健康状况本身便是一种能力。假期回国时，他总要大肆放纵一番——作为犒赏。就像上了岸的水手——仅有一点——外表不同而已。从他随意的谈话中，别人可以听出这一点。他没有创造任何东西，只是循规蹈矩——仅此而已。然而，他很了不起。仅靠着这一点小本事，他就很了不起，无法说有什么可以控制这样一个人。他也从不会泄露那秘密。也许，他根本就是一个空躯壳。但这也只是一种怀疑——在那个地方，没有外部检查可供验证。有一次，当这个货站上所有的"代理人"几乎都被各种热病撂倒的时候，人们曾听他说，"来这里的人，压根儿就不该长着人肠子。"随后，他又用那种微笑为这番话加盖上了封印，就好像那是一道门户，直通向他向来深藏不露的黑暗。你也许觉得，自己看到了什么——但那道封印已经盖上了。用餐时，白人们就谁该优先总是争个没完，他被惹恼了，便吩咐人造了一张巨大的圆桌，以至于又不得不为此盖了一个专门的房子。这就是货站的餐厅。他坐下的地方，就是头把交椅——其他就不分座次了。人们会觉得，这是他一贯的做派。他既非有礼，也非无礼。他很安静。他竟允许自己的"侍童"——一个从沿海来的、养得肥肥胖胖的年轻黑人——在他的眼皮底下，以公然挑衅的傲慢对待白人。

　　他一见到我，便开始讲话。我在路上走了太久。他等不及了。只能不等我先行出发。必须要让上游的货站放心。已经耽搁了太久，他都不知道还有谁活着，有谁死了，他们的情况怎样——诸如此类，云云等等。他根本没听我的解释，而是，玩弄着一支封蜡，好几次重复着情形"十分严重，十分严重"。有传言说，一座十分重要的货站正处于危险的境地，它的主任——库尔兹先生——病了。希望这不是真的。库尔兹先生是……我觉得又疲劳，又烦躁。天杀的库尔兹，我心想着。我打断他，说我已经在沿海听说过库尔兹先生了。"啊！那么，他们下边也在谈论他，"他自己咕哝着说。然后，他又开始了，向我保证库尔兹先生是他手下最优秀的代理人，最能干的人，对于公司是最重要的。这样好让我明白他的焦虑。他说，他"非常，非常担心"。当然，他坐在自己的椅子上显得心烦意乱，叫喊着，"啊，库尔兹先生！"他弄断了那支封蜡，并看上去被这意外吓得目瞪口呆。接下来,他想知道"要花多长时间去……"我再次打断他。你们知道,我很饿,还站着,忍不住恼火起来。"我怎么说得上来,"我说,"我还没见过那条船骸——要几个月吧,肯定。"整个谈话,我觉得没有一点儿用处。"几个月,"他说,"那我们就说三个月后出发吧。是的。应该够处理这事儿了。"我冲出他的屋子——他独自住着一座带游廊的泥坯屋子——对自己发着关于他的牢骚。啰唆的蠢货。但后来,我要把这话收回来,因为我惊奇地意识到,他对于处理"这事儿"所需要的时间的估算,简直非常之准。

第二天,我便赶去工作了,完全把货站——这样说吧——抛在脑后。在我来看,只有这样,才能抓住我生活中一些可作补偿的事实。还有,你也得观察某些情况;为此,我留意到这座货站中,在院子的太阳地里胡乱晃荡的那些人。我时常纳闷那意味着什么。他们手上抓着可笑的长木棍,到处闲逛,就像许多信仰尽失的朝圣者,受了蛊惑,被圈在那样一道朽烂的栅栏内。"象牙"这个词飘荡在空气里,为之私语,为之叹息。你简直觉得,他们正在向它祈祷。由它散发出一股愚蠢贪婪的臭味,就像某些死尸的气息。天哪!我一生都没有见过这么虚幻的东西。至于外面,包围着这片土地上这一小块被清理一空的那寂静的荒野,正像魔鬼或真理一样,耐心等待着这场荒唐的入侵快快过去。

哦,那几个月!不过,没关系!发生了各种各样的事情。某天傍晚,一座堆满棉布、花布、珠子——还有什么,我也不知道——突然着了火,那火势简直让你觉得,是大地开了口子烧起一把天火,要把所有这些垃圾烧个干净。我坐在我拆开的汽轮旁边,正安静地抽着烟斗,看他们在火光里挥舞着手臂,乱作一团,这时,那个留着唇髭的矮胖男人跑来到河边,手上提着一只铁桶,向我保证每个人都"做得很出色,很出色",然后打了约莫四分之一桶水,便又跑回去了。我注意到,那桶子的底部有个洞。

我向上逛去。不必着急。看得出来,那些东西已经像一盒火柴那样烧光了。从一开始,它便没有指望了。火焰蹿得很高,吓退所有人,照亮了一切东西——然后便消下去。那草棚几乎只剩下一堆亮晃晃的灰烬。在它旁边,一个黑人正在挨打。他们说,是他不知怎么引起了这场火灾;或许吧,他正发出最可怕的叫唤。后来,连续几天,我都看见他坐在一小块阴凉地里,看上去十分虚弱,正在休养着;再后来,他就站起身,走出去了——那悄无声息的荒野,再次把他吞入了自己的胸膛。当我从黑暗中走近那团火光时,我发现自己站在两个正在交谈的男人身后。我听见他们提到库尔兹的名字,然后是一些话,"利用这次不幸的事故。"其中一人,就是经理。我问他晚安。"你见过这样的事情吗?——嗯?真不敢相信。"他说,然后便走掉了。另一个人还留在那儿。他是一个优秀的代理人,年轻,举止绅士,有一点冷淡,蓄着两撇小胡子,鹰钩鼻。他跟别的代理人不大合群,那边说他是经理用来刺探他们的奸细。至于我,之前则几乎没跟他说过话。我们谈论起来,并渐渐地从这一堆嘶嘶作响的废墟上岔了开去。随后,他邀请我去他的房间,那房间在货站的主建筑中。他擦亮了一支火柴,我这才发现,这个年轻的公子哥儿不仅有一个镶银的镜匣,还自己独用着一整根蜡烛。在那时候,大家以为只有经理才有权力用蜡烛。泥墙上挂着土著人的垫子;还挂着一堆战利品,矛枪、投枪、盾牌、刀子。交给这个家伙的差事,是做砖——这我早就知道了;不过,整个货站里却连一块砖屑都没见到,而他已经过来一年多了——就在等着。看样子,没有某些东西他就造不了砖。我不知道那是什么——也许是稻草。总之，那东西是这里找不到的，而且，很有可能也无法从欧洲送来，我不大清楚他在等什么。或许这也是一种特立独行。然而，他们——所有这十六或二十个朝圣者——都在等待着什么东西；要我说，从他们心安理得接受它来看，这倒不失为一种合宜的消遣，虽然他们等到的只有疾病——我所见到的。他们用一种愚不可及的方式彼此诋毁、中伤，并以此度日。货站内散布着一种密谋的气息，当然，却什么都没有发生。它像其他所有事情一样虚幻——就像整个财团所吹嘘的博爱，就像他们的谈话，就像他们的政府，就像他们当作工作的表演。唯一真实的感觉，就是渴望得到一份任命，被派去一个有象牙的贸易所，好让他们挣到抽头。他们互相密谋、诽谤、憎恨，为的就是这个，但是，他们却连一根小手指都没动过——啊，没有。天哪！这世上居然有这种道理，可以纵容一个人去偷马，而另一个人却连马缰都不许看。偷马的扬长而去。很好。他做得不错。也许他还可以骑在马上。而那个盯着马缰看的，却要惹得仁慈的圣徒暴跳起来。

　　我本不知道他为何要表现得如此友好，不过在交谈中，我忽然明白这个家伙是想要得到什么——实际上，他在套我的话。他不断地拐弯抹角提到欧洲，说起以为我会认识的某些人——提起一些诱导性的问题，好让我谈起我在那座阴沉沉的城市里的熟人，诸如此类。他的小眼睛像云母片一般闪亮——带着好奇，尽管他始终想要保持一点傲慢。起初我很意外，但很快我便十分好奇他究竟想从我这里得到什么。我几乎不能想象，自己身上有什么东西值得他这样浪费工夫。看着他把自己搞得晕头转向，真是漂亮，因为我的身体里面只有寒战，我的脑袋里除了那条可怜的汽轮的事情，再也没有别的。显然，他把我当成了一个闪烁其词的无耻之徒。最后，他生气了，为了掩饰气愤至极的情绪，他打起了呵欠。我站起身。然后，我注意到一小张油画，镶在一块画板上，上面是一个女人，披着衣服，蒙着眼睛，举着一支点亮的火把。那背景是昏暗的——近乎黑色。那女人的神情十分镇定，而映在脸上的火光却那样凶险。

它吸引住了我，他恭敬地站着，拿着一个半品脱的香槟瓶子——用作医疗慰藉，里面插着一根蜡烛。他回答我，是库尔兹先生画的——一年多之前，就在这个货站中——当时他正在等船，到他的贸易所去。"跟我说说，好吧，"我说，"这位库尔兹先生是谁？"

"内地货站的主任。"他简短地回答，向旁边望去。"再详细点儿，"我笑着说，"就像你是中央货站的制砖师，所有人都知道。"他沉默了一会儿。"他是一个奇才，"他终于说道，"他是一个怜悯、科学和进步的信使，鬼知道还有别的什么。我们要有，"他突然提高声调，"这样说吧，高超的智慧、广泛的同情、单纯的目标，用来作为欧洲交托给我们的事业的指导。""谁说的？"我问。"很多人都这样讲，"他回答，"很多人甚至把它写下来；因此，他就来到这里，真是个特别的人，你应该知道的。""为什么我应该知道？"我打断他，很是好奇。他没有理睬。"是的。如今他是最好的货站的主任，明年他会成为副经理，而两年后……不过我敢说，你一定知道，两年之内他会升成什么。你是属于那新的一帮的——道德帮。那个专门派他来的人，同样也推荐了你。哈，别说不是。我相信自己的眼睛。"这下明白了。我那亲爱的姨妈的那些颇有势力的熟人，在这个年轻人身上产生了意想不到的效力。我几乎要笑出来。"你是不是看过公司的机密信件？"我问。他一声未吭。这太有趣了。"当库尔兹先生，"

我狠狠地继续说道,"成了总经理的时候,你就没有机会啦。"

他突然吹灭了蜡烛,我们走到外面。月亮已经升起来。黑色的人影木呆呆地四处走动着,把水浇在火堆上,传来嘶嘶的响声;蒸汽在月光中升上去,那个挨打的黑人正在某个地方哀叫。"那畜生搞出多大的乱子!"那个留着唇髭的、喋喋不休的男人,出现在我们近前。"打得好。犯错——受罚——狠打!绝不饶他,绝不饶他。只有这种法子。这样才能避免日后所有火灾。我刚跟经理讲……"他注意到我的伙伴,立刻泄了气。"还没睡呀?"他说,带着一种死心塌地的谄媚。"这是自然。哈!危险——乱哄哄。"他溜开了。我继续回到河畔,另一个人跟在身后。我听见一个严厉的声音,对着我的耳朵低语,"一群废物——滚吧。"看得见,那些朝圣者正聚成小群,比画着,议论着。有好几个,手里仍然抓着他们的棍子。我真的相信,他们一定会带着这些棍子上床。栅栏外,丛林阴森森地矗立在月光中,透过那隐隐约约的骚动,透过那可悲的院子里的微声,这片土地的寂静直向一个人的心房扑来——它的神秘,它的伟大,还有它隐藏的生活的不可思议的现实。那个受伤的黑人,在附近某处有气无力地叫唤着,随即换来一声低沉的叹息,这使得我调转脚步,想从那里走开。我感觉到一只手抄住了我的胳膊。"亲爱的先生,"那个家伙说,"我不想被别人误解,尤其是你,你很快便会见到库尔兹先生,而我远不知什么时候才能有此荣幸。我不愿他对我的性格有一个错误的印象……"

我任由他说下去,这个纸糊的靡菲斯特,看上去,如果我肯试探一下,只要用一根食指就能把他戳破,并且会发现那里面除了一点脏汤,也许别无一物。你们清楚没有,他原本正绸缪着在眼前的那个人下面，一点点地爬到副经理的位置，而我却能够看出，那个库尔兹的到来，已经大大打翻了他们两人的算盘。他仍在滔滔不绝地讲着，我也不想打住他。我把肩头靠在我的汽轮的船骸上，它已经被拖上了坡地，像一具某种巨大河兽的尸体。那种淤泥的气味，原始的淤泥，天哪！充满我的鼻孔，那高大的、静止的原始丛林，陈列在我的眼前；黑色的水面上，浮着一些闪亮的光块。月亮为每一样东西都披上了一层薄薄的银装——披在茂密的野草上，披在烂泥上，披在杂草筑成的、比庙宇的高墙还要高大的篱墙上，披在那条大河上，我透过一道阴森的豁口，看见它在闪着金光，闪着金光，闷不吭声，宽阔地流过。所有这一切都是那样伟大、富有希望并沉默着，而这个人却在喋喋不休地讲着他自己。我想知道，正在注视着我们的那种广袤的表面上的平静，究竟意味着呼救还是威胁。我们这些流落至此的人，究竟算什么？我们能够支配这喑哑的事物吗，还是它会支配我们？我觉得它是如此巨大，巨大得令人讨厌，它是一个哑巴，也许还是一个聋子。那里究竟有什么？我看见一点象牙从那里运出来，我还听说有一位库尔兹先生在那儿。我已经对它听说得够多了——天知道！然而，这却没有为我带来任何关于它的想象——并不比有人告诉我那里有一位天使或是一个魔鬼更多。我对它的知解，就像你们哪一个觉得火星上面住着人一样。我认识的一个苏格兰帆工——当然已经死了——他肯定地相信火星上面有人。如果你要向他了解，他们的样子如何，举止怎样，他便会难为情起来，并咕哝着说"爬着走"。如果你忍不住笑起来，他——尽管已经六十岁了——便会跟你打一架。我虽不至于为库尔兹打架，却几乎为他扯了一个谎。你们知道，我讨厌、痛恨并受不了任何谎言，并不是因为我比你们其他人更加正直，而是因为它令我害怕。在谎言之中，有一种死尸的腐臭，有一股死亡的气息——那正是世上所令我恨恶的东西，也是我想要忘掉的东西。它使我痛苦又恶心，就像含着一口腐烂的东西。我想，这是一种脾性。好吧，我几乎撒了谎，让那个年轻的傻瓜相信他可以按照自己喜欢的那样，去想象我在欧洲的势力。瞬间，我变成了一个虚伪的家伙，就像其他那些被蛊惑的朝圣者一样。这只是因为，我觉得它会以某种方式对那个库尔兹有所帮助，那个目前我还没有见过的人——你们明白的。他对我来说，还只是一个名字。那个叫这个名字的人，我跟你们一样都没有见过。你们见过他吗？你们听过这故事吗？你们看到过什么吗？我感觉，自己就像在跟你们讲述着一个梦——简直是徒劳，因为没有一个梦的故事，可以把那种梦的感觉传达出来，那种混杂在一阵挣扎反抗的颤抖之中的荒诞、惊奇与困惑，那种被不可思议的事情抓攫住的幻觉，才是真正的梦的实质……

他沉默了一会儿。

……不，这是不可能的；任何既定时期的某个人的存在，要想把他的生命感觉——那些构成它的真实、它的含义、它微妙而深刻的实质的东西——传达出来，都是不可能的。这是不可能的。我们活着，就像做梦——孤零零……

他又停住了，像是在沉思，随后又补充道——当然，关于这一点，你们这些伙计，比我当时看见得更多。你们看得见我，一个你们认识的……

天已经很黑了，我们这些听者几乎已经互相看不见了。他跟我们分开坐着，已经有很长时间，我们只能够听见他的声音了。没有人说话。其他人也许已经睡着了,但我还醒着。我听着,不想错过一句话,一个字眼,在这条河上的低沉的夜色中,这故事不像是从人类口中讲出来的,倒像是自说自话出来的,而对于由它所唤起的隐隐约约的不安,我努力试着从一字一句中找到一丝线索。

……是的——我请他继续,马洛又开始了。他愿意就让他去想吧,我背后的势力。我就这样做了!我哪有什么背景!我身后靠着的,只有那条可怜的、老旧的、撕裂的汽轮,而他一直在滔滔不绝地讲着"人人都要往上爬"。"你设想一下,有谁来到这里,是为了看月亮。"库尔兹先生真是一位"全能之才",但即便是一个天才,也会觉得使用一些"合适的工具——聪明人"工作起来更加容易。他没有造砖——为什么,他说体力上做不到——这我是已经了解的;而如果说他给经理做过秘书工作,那是因为"没有一个聪明人会放肆地拒绝上级对他的信任"。我能理解吗?我理解。我还想要些什么?我真正想要的是铆钉,天哪!铆钉。要把工作进行下去——要堵住那个洞。我要铆钉。下游沿海有成箱的铆钉——一箱一箱的——摞在一起——箱子都撑破了——裂开了!在那个山坡上的货站的院子里,你每走一步都会踢到一颗松脱的铆钉。那些铆钉滚下去,落在那片死亡丛林中。如果肯弯腰去捡,铆钉会装满你的衣袋——可在这个需要铆钉的地方,却连一颗都没有。我们有可以应付的铁皮,却没有东西紧固它们。每个礼拜一次,都会有信差——一个孤独的黑人,肩上搭着邮包,手里提着棍子——从我们的货站到沿海去。每个礼拜好几次,都会有一支运输队带着货物——那种颜色白得瘆人的棉布,那种每夸脱一便士的玻璃珠子,那种胡乱印着点子的棉手帕——来到这里。就是没有铆钉。只要有三个脚夫,就能带来所有可以令那艘汽轮重新浮起来的东西。

他对我亲密起来，但是我觉得，自己那种无动于衷的态度终于惹恼了他，因为他大言不惭地告诉我，他根本不怕什么上帝或魔鬼，更不用说是人。我说，我完全看得出来，但是我需要的就是一定数量的铆钉——铆钉才是库尔兹先生所需要的，如果他知道这事儿的话。眼下，每个礼拜都有信件送去沿海……"亲爱的先生，"他叫道，"我是听口授写信的。"我就要铆钉。肯定有办法——对于一个聪明人来说。他改变了态度；变得冷淡起来，突然谈起了一只河马；问我睡在汽轮甲板上——我日夜都在忙着自己的抢修工作——有没有被打扰。这里有一只被惯坏了的老河马，总是在夜里跑到河岸，在货站的地盘上大喊大叫。那些朝圣者曾一起出动，把所有能用得上的猎枪的子弹，都打在了它的身上。有些人还彻夜等着它。不过，这一切努力都白费了。"那野兽真是命好，"他说，"不过，在这片荒野上，你只能对畜生这样讲。没有人——你理解我吗？——没有人可以靠命好活着。"他在月光下站一会儿，带着他略微有点儿歪斜的鹰钩鼻，带着他一眨不眨的亮闪闪的云母眼睛，然后短促地说了一句晚安，就大步走开了。我看得出来，他受到了惊扰，并且相当疑惑，这使得我感觉到比前些日子更有希望了。摆脱那个家伙，回到我那位大有势力的朋友——那条老旧、扭曲、残破的汽轮——旁边，是一种莫大的安慰。我爬上甲板。它围绕在我的脚下，就像臭水沟边上一只空荡荡的"亨特利·帕尔默"饼干罐子；它不是用什么坚固的东西造成的，形状也不大漂亮，但我已经在它身上付出了足够艰难的工作，足以令我爱上它。没有什么有权有势的朋友，可以为我做得更好。它已经给我一个机会，让我来到这里——来看看我能做些什么。不，我不喜欢工作。我宁愿四处闲逛,想想找点儿什么乐子。我不喜欢工作——没人会喜欢——但是我喜欢工作里面的东西,那种让你找到你自己的机会。没有其他人会了解的、你自己一个人的现实——那是你自己的,不是别人的。他们只能够看它表演,却永远不能说出它真正的含义。

有人坐在甲板的船尾,两腿晃荡在淤泥之上,我并不觉得意外。你们看,我倒宁愿跟站里的几个机工住在一块儿,当然,他们也是被其他朝圣者瞧不起的——我想,也许是因为他们修养不足。这一个是工头,一位职业的锅炉匠,也是一个好工人。他是一个瘦骨嶙峋、面色焦黄的汉子,有一双热情的大眼睛。他的样貌显得很焦虑,脑门秃得跟我的掌心一样;不过,他的头发看上去却像是向下长在了下巴上,在这一片新的领地中旺盛地生长着,因为他的胡须一直垂落到腰间。他是一个鳏夫,有六个孩子——他把他们交给自己的妹妹,来到这里,他在生活里最大的乐趣就是放鸽子。在这方面,他是一个爱好者,也是一个行家。他会热情洋溢地说起鸽子。工作之余,他有时会从他的小屋上来跟我聊天,讲一讲他的孩子和他的鸽子;工作中,当他不得不在汽轮底部的淤泥中摸爬时,便会用一种白色的餐巾把自己的胡子包起来,那是他特意为此带来的。上面有环可以套在耳朵上。傍晚时候,可以看到他蹲在河岸上,在河湾里非常仔细地清洗着那块包布,然后郑重其事地把它摊在灌木丛上晾干。

我拍了一下他的脊背,叫道,"我们就要有铆钉啦!"他跳起来,喊着,"不会吧!铆钉!"看起来像是不相信自己的耳朵。随后,他的声音低下来,"你……嗯?"我不知道,我们为何要像疯子一样。我把一根手指放在鼻子旁边,神秘地点点头。"好样的!"他叫道,在头顶打着响指，将一只脚抬起来。我试着跳了一下吉格舞。我们在铁甲板上跳起来。一阵响亮的咔嗒声从那条破船上传出去，被河湾对岸的森林反射回来，如雷鸣一般滚荡在沉睡的货站之上。它一定已经让某些朝圣者在他们自己的屋子里睡不着了。一条黑色的人影，出现在亮着灯的经理房间的门廊处，随后消失了，过了大约一秒钟，那门廊也消失了。我们停下来，原先被我们的跺脚声所驱散的沉寂，又从那片土地的深处涌了回来。那杂草的高墙，那茂盛而纠缠的一大团树干、树枝、树叶、树杈和爬藤，在月光中一动不动，就像那寂静无声的生命的一种纷乱的入侵，一股由植物所构成的翻涌的浪潮，堆叠着，踊跃着，要漫卷过这一道河湾，把我们每一个渺小的人儿从他微小的存在中涤荡出去。然而，它没有移动。一阵闷响而巨大的泼溅与鼻息的声音，从远处传入我们的耳中，就像有一只鱼龙正在这条大河的粼粼波光中戏水。"毕竟，"锅炉匠说，那语气像是在讲道理，"我们为什么不该得到铆钉？"为什么不该，对呀！我想不出任何我们不该得到的理由。"它们会在三个礼拜内到达。"我信心满满地说。

然而，它们没有到来。代替铆钉而来的，是一种入侵，一种祸害，一种灾难。它是在接下来的三个礼拜内分队到达的，每一队都以一头驴子打头，驮着一个穿着新衣服和鞣皮鞋子的白人，从那上面左摇右晃地向着那班了不起的朝圣者鞠躬示意。一队吵吵嚷嚷的、跛着脚、面色阴沉的黑人，跟在驴子后面；一大堆帐篷、折叠椅子、铁皮罐子、白色箱子、棕色包裹被卸落在院内，在货站的骚乱之上，更加深了一层诡秘的气氛。一共来了五支分队，他们那副带着从无数装备商店和供给站抢夺来的战利品仓皇出逃的模样，实在可笑之至,简直让人觉得,他们是在大干一票之后,跑到这样一片荒野里分赃解罪的。那一团乱七八糟的东西原本是来路清白的,却被这一班愚蠢的人们搞得好像盗贼的赃物。

这支狂热的队伍,自称为埃尔多拉多考察探险队,并认为他们负有保密的使命。然而,他们的谈吐却像杀人越货的强盗:胡作非为而缺乏胆量,贪婪无度而大言不惭,暴戾恣睢而没有勇气;在他们这帮人里面,看不到一丁点儿深谋远虑或正经心思,而且,他们似乎也完全不知道,这些东西是世上所有工作所共同需要的。从这片土地的肚腹内攫取财富,是他们唯一的心愿,背后再没有任何道德追求,就像夜间的毛贼闯进人家的储物室一样。我不知道,究竟是谁赞助了这项高贵的事业;但这帮乌合之众的头领,却是我们经理的叔叔。

从外貌看,他像是一个贫穷街区的屠夫,眼睛显得困乏又狡诈。两只短腿上面挺着一个大肚囊,在这帮人出入货站期间,除了他的侄子,他没有跟任何人说过话。可以看见他们整天在一起逛荡,两人的脑袋凑在一起,总是说个没完。

我已经不再让自己为铆钉操心了。对付这一类的荒唐事,一个人的能力总比想象中的有限。我说算了!——就这样吧。我有很多时间来沉思,偶尔便会想到库尔兹先生。我对他并不大感兴趣。不。我还是好奇,想知道这个抱有某种道德观念来到这里、最终会爬到顶层上去的家伙,届时会如何开展他的工作。

## 第二章

一天晚上,我正平躺在自己汽轮的甲板上,听见有声音正在靠近——是那一对叔侄正沿着河岸闲逛。我重新把脑袋枕在胳膊上,几乎要瞌睡起来,这时,听见有人在我耳边讲话,说:"我像一个孩子那样无害,但我也不想听人摆弄。我是经理吗——我不是吗?我收到命令,把他派去那儿。想不到……"我明白过来,这两人正站在船头旁边的河滩上,正在我脑袋下面。我没有挪开;我没有想到要挪开;我正困着。"可恶,"那叔叔咕哝着,"那人要求管事机构把他派去那儿的。"另一个说,"想去那儿显一下自己的能耐;我也遵章照办了,那人肯定有些势力。这不是很可怕吗?"他们都觉得很可怕,然后又说了一些莫名其妙的话:"呼风唤雨——一个人——枢密院——牵着鼻子。"这些荒唐的只言片语打败了我的困意,因而,当那叔叔说话的时候,我已经差不多醒了,"气候也许会帮你解决掉这个麻烦。他自己一个人在那里吗?""是的,"经理答道;"他派了自己的助理沿河下来,带着一张条子,写着:把这可怜的家伙送出荒野,并且,不劳再派这种人给我。我宁愿一个人待着,也不想跟这些你可以任意处置的人在一起。这是一年多之前的事情了。你想得到吗,多么厚颜无耻!""那之后还有什么事?"另一个人声音嘶哑地问。"象牙,"他的侄子猝然答道,"很多象牙——上等的——成堆的——最为可恶,从他那边。""跟那个一起的呢?"那个低沉的咕隆声问道。"货单。"可以说,这回复像子弹出膛来得那样快。接着,沉默下来。他们一直在谈库尔兹。

这时,我在甲板上清醒着,不过躺得很舒服,保持不动,也没有想到要挪一下位置。"那象牙是怎么运过来的?"年纪大的说,他似乎很恼火。另一个回答,用的是一队独木船,由一个英国混血书记员带领着,那人是库尔兹随行带去的;那个库尔兹原本想亲自回来,当时,那个货站已经没有货物和供给,但走了三百英里后,他突然决定回去,就自己带着四个桨手驾着一只小独木船回去了,留下那个混血儿带着象牙继续向下航行。居然有人会这样做,似乎大出那两个家伙的意料。他们全然不知那人的动机。至于我,就好像第一次亲眼见到了库尔兹:一条独木船,四个野人正在划着桨,那位孤独的白人突然背身离去,抛开了总部,抛开了疲惫,抛开了想家——或许有吧;他把脸转向荒野的深处,转向他空荡荡、孤零零的货站。我不知道动机何在。也许,他只是一个出色的伙计,因为自身的关系而热衷于自己的工作。他的名字——你知道——一次也没有被提起过。"那人"就是他。而那个混血儿,你们可以想象,以十分的小心和勇气指挥着那一趟艰难的航程,始终被他们称为"那个无赖"。"那个无赖"报告说,"那人"一度病得很重——也恢复得不太好……我下面的那两个人又走开了几步,在一小段距离内来回踱着。我听见:"军事邮所——医生——两百英里——眼下十分孤单——无可避免地延误——九个月——没有消息——奇怪的谣言。"他们又走近了，这时经理说，"就我所知，除了那个四处跑的杂种贸易商——一个瘟疫般的家伙——之外，没人可以从土著人那里搞到象牙。"他们正在说的这个人是谁？我断断续续地听出一个大概，这是库尔兹手底下的某个人，没有得到经理的批准。"除非把这些家伙里面的一个吊死，以儆效尤，要不就免不了不公平的竞争。"他说。"当然，"另一个咕隆道，"把他吊死！为什么不呢？在这片荒野里，任何事情——任何事情都可以做。这就是我想说的；没有人在这里，你明白吗，在这里，可以威胁到你的位子。为什么？你可以扛住这里的气候——你可以熬过他们。危险在欧洲；不过，我离开前在那边注意到——"他们走开，交头接耳一番，随后声音又提高了。"那一系列出乎预料的耽搁不是我的错误。我尽力了。"那个胖的叹了口气，"很不好。""还有他话里那一番病毒般的谬论，"另一个接着说，"他在这里的时候，把我烦得要死。每个货站都应该是一座通往美好前程道路上的灯塔，不但要做一个贸易的中心，还要做开化、进步和引导的中心。你想想吧——那个蠢货！他还想做经理！不，门都……"说到这里，他被气得哽住了，我微微地抬了一下头。我惊奇地发现，他们是如此之近——就在我的正下方。我简直可以啐到他们的帽子上。他们正盯着地面，出神地想着。经理拿一根小树枝抽打着自己的腿；他那位足智多谋的亲戚抬起头来。"这一趟出来，你一直都还好吧？"他问。另一个吓了一跳。"谁？我吗？如有神助——如有神助。但其他人——哦，天哪！全都病了。而且，他们死得太快了，我都来不及把他们送出去——真不敢相信！""嗯，就是这样，"那叔叔咕哝道，"啊！孩子，要相信这个——我说，要相信这个。"只见他伸出一条短胳膊，做了一个手势,把所有丛林、河湾、淤泥和河流拢进来——像是用悍然无耻地一挥,向这片光天化日之下的土地打着招呼,向着潜伏的死神,向着隐藏的魔鬼,向着它心脏中深沉的黑暗发出呼求。真是惊悚,我跳起来,向后面那丛林的边缘望去,像是期待它对这黑暗的信心表演做出一种什么样的回答。你们知道,一个人偶尔会是产生幻觉的。那高大的沉寂,仍以它不祥的耐心面对着这两个人影,等待这样一场异想天开的入侵过去。

他们一起大声地咒骂——我相信,完全是出于惊恐——并假装对我的存在浑然不知,向货站走回去。太阳低下去了;那两人挨在一起,向前倾着,像是要把他们两条长短不齐、滑稽可笑的身影,拼命地拉上山去,而那影子,在他们身后高大的野草上慢慢拖动着,没有一片草叶被压弯。

几天之后,埃尔多拉多探险队钻进了那片富有耐心的荒野,它吞下了他们,就像大海淹没一个潜水者。很长时间之后,有消息传来说,所有驴子都死了。而至于那些更加不值钱的"动物们"的命运,我就不得而知了。他们,毫无疑问,就像我们其他人一样,得到了自己所应得的。我没有问。当时,我正为很快便要见到库尔兹而激动着。我说很快,也是相对而言的。从我们离开河湾那天,到我们抵达库尔兹的货站下方的河岸,整整用了两个月。

沿着那条河溯流而上,就像回到世界最初步的起源时代,植物在大地上肆意蔓延,拥戴着大树作为君王。一条空旷的水流,一种巨大的寂静,一座紧闭的丛林。空气温暖、浓厚、沉重而凝滞。明晃晃的阳光中,没有一点欢乐。一段一段长长的、荒凉的水路延伸着,进入远方失去了颜色的昏暗之中。在银色的沙洲上,河马和短吻鳄挨在一起晒着太阳。开阔的河水，从一群长着树木的小岛间流过；在那条河上，你会像在沙漠中一样迷失方向，几乎整天都在提防着浅滩，努力辨认着水道，直到你觉得自己像是着了魔一样，同原先你所知道的一切——某个遥远的地方，也许像是另一个存在——永远断绝了。有时候，当你无法为自己抽出片刻时间来，一个人会突然想起他的过去；然而，它却像是一场吵闹不安的梦，在这个植物、河水和寂静所组成的奇异世界的淹没一切的现实中，你会带着疑惑想起它。这种由生命所构成的沉寂，一点也不像是平静。那是一股势不可当的力量的沉寂，它产生自一种高深莫测的旨意。它用一种报复的神情盯着你。后来，我习惯了它；再也看不见它了；我没有时间。我要不停地猜测着水道；我要辨认——主要凭感觉——隐藏的浅滩的记号；我要观察着被淹没的石头；我要练习，在侥幸通过那些天杀的、狡猾的老暗礁时，闭紧牙关不让心脏跳出来，被它们撕一道口子，就足以要了这条破锡皮壶一般的汽轮的命，淹死所有的朝圣者；我还要搜罗枯木，我们趁夜晚劈好，第二天拿来烧锅炉。当你不得不专注于这类东西，关注着这些表面的事情时，现实——现实，我跟你们说——就消退了。那些内部的真理就隐藏了——幸好如此，幸好如此。不过，我仍能感觉到它；我时常觉得，它神秘的沉寂正注视着我，看着我耍猴一般的把戏，就像它看着你们这些家伙在各自绷紧的绳索上面的表演——那个怎么讲来着？半克朗一个筋斗……

文明点儿，马洛，一个声音嚷嚷道，于是我知道除自己外，还有一个听者醒着。

原谅我。我忘了另一半的价钱是心痛。不过确实，只要那把戏耍得好，这价钱又算什么？你们耍得很好。我也耍得不赖，既然我在头一遭的航程中，没让自己的汽轮沉掉。它至今对我来说还是一个奇迹。想象一下吧，一个人蒙着眼睛，在一条破路上赶着一架大车。跟你们讲，那趟买卖真的让我浑身冒冷汗，提心吊胆。毕竟对一个水手来说，要是让那个由他照看着的、始终都要浮在水面上的玩意儿被刮破了底子，会是不可原谅的过错。也许没有人了解，但你肯定不会忘掉那种撞击——嗯？那可是直捣心口的一拳。你记得它，做梦都会梦见它，半夜醒来想起它——多年之后——身上还会忽冷忽热。我不敢说那条汽轮始终都浮在水上。有好多次，它不得不在二十个围在一起、蹚着水花的食人生番的推动下，涉水前行上一段。我们招募了一些这样的家伙，按着那种方式，把他们编成一个船组。在他们的位置上，这些吃人的生番，真是一些好伙计。他们是一些可以跟你一起工作的汉子，我如今对他们还心存感激。而且毕竟，他们没有当着我的面吃掉彼此；他们带着腐烂的河马肉当作补给，让我的鼻孔里充满那神秘的荒野的臭味。噗！我现在还闻得到。经理在我的船上，还有三四个朝圣者，带着他们的棍子——都毫发无伤。偶尔，我们会遇见一个靠着河岸的货站，盘踞在未知地带的边缘，便会有白人从一座摇摇欲坠的小屋中跑出来，打着快活、惊喜和欢迎的伟大手势，看上去十分离奇——像是被某种魔咒囚禁在那里的。"象牙"这个词儿，会在空气中响起一阵子——于是我们再度驶入寂静，沿着空旷的河段，绕过平静的水湾，穿过我们曲折路途中的高墙，那船尾明轮的沉闷的击水声，回荡在山谷中。树，树，成千上万的树，那么大，那么多，高高地矗立着；在它们脚下，紧贴河岸对抗着水流，那条脏兮兮的小汽轮往上爬去，就像一只慢吞吞的甲虫，在一座高大柱廊的地板上爬动。它令你感觉非常渺小，非常迷茫，但又不算是彻底的沮丧，就是那种感觉。毕竟，就算你是渺小的，那只脏兮兮的甲虫却还在爬动着——这正是你希望它做的。在那些朝圣者的想象中，它要爬去哪里，我不知道。我敢打赌，一定是爬向某些他们指望得到什么的地方。对我来说，它就是向库尔兹爬去的——就是为了这个；不过，当蒸汽管开始漏气的时候，我们爬得十分缓慢。水域在我们面前打开，又在身后关闭，好像那些已经路过的丛林轻松地跨过水面，把我们的退路拦断了。我们在那颗黑暗的心脏中越扎越深。那里格外寂静。晚上有时候，滚滚的鼓声会从树林帘幕的背后传到河上，并隐隐地持续着，就像回荡在我们头顶的空中，直到天色拂晓。它究竟意味着战争、和平还是祈祷，我们不知道。随着一片冷冷的沉寂降下，黎明宣告来临；伐木者还在睡着，他们的篝火就要烧尽；一根小树枝的折断声，都会吓你一跳。我们像是一片史前大地上的漫游者，在一片像是某颗陌生星球的土地上。我们原本想象，自己是头一批占有这样一宗被诅咒的遗产的人，以深刻的痛苦和极度的疲劳作为代价，才得到了它。但是，当我们挣扎着绕过一道河湾之后，却突然撞见了灯芯草篱墙，撞见了尖形草屋顶，撞见了一阵喊叫，撞见了一群黑色的肢体，撞见了一团鼓动的手掌、踏动的脚掌、舞动的身躯、转动的眼眸，在那低垂的、沉重而静止的树叶下。汽轮吃力地沿着一片黑色的令人费解的狂乱的边缘，慢腾腾地开动着。那些史前的人们，是在诅咒我们，祈求我们，还是欢迎我们——谁能说得上？我们对环境的理解能力，已经被割断了；我们如幻影滑过，满腹狐疑又心惊胆寒，就像一个心智健全的人面对疯人院里的一场癫狂发作。我们无法理解，因为我们隔得太远了，而且不再记得——因为，我们正穿行在那些最初的代的长夜里——那些已经过去的世代，它们没有留下一个讯号，也没有留下任何记忆。

这片土地似乎不是人间的领地。我们看惯了那种拴着铁链的被制服的妖怪的形象，但在那里——在那里，你可以看到一个妖怪般的东西，它是全然自由的。它不是人间的领地，但那些人——不，他们并非没有人性。好吧，你们知道，这是最坏的情况——对于他们并非没有人性的怀疑。这种想法会慢慢在一个人身上发生。他们嚎叫，跳跃，旋转，并做着鬼脸；然而，真正让你觉得欣喜的，却是想到他们也有跟你一样的人性，想到你遥远的亲族，也曾这样狂野、热烈地骚动着。一样丑陋。是的，确实够丑的；不过，要是你有足够的勇气的话，就会向自己承认，在你的身体里面有一点能够同那些声音的可怕的直白产生一些最为微弱的共鸣的迹象，让你隐隐地怀疑，它里面有一种含义是你——即使你距离那些最初的世代的长夜已经那样遥远——能够理解的。为什么不能呢？人的心智是全能的——所有东西都在里面，所有的过去，所有的未来。那里面究竟包含着什么呢？欢乐、恐惧、忧伤、忠诚、英勇、愤怒——谁能说得上来？——但真相——从时间的斗篷下剥离出来的真相。让傻瓜被惊得目瞪口呆吧，被吓得心惊胆战吧——真正的人类是理解它的，看见它连眼睛都不会眨一下。不过，他必须至少要是一个跟那些站在岸上的人一样的人才行。他必须靠着自己真正的品质，靠着自己与生俱来的力量，才会遇见那真相。那是道义吗？道义是不行的。你所获得的东西，就像是衣服，像是漂亮的布头——只要轻轻一摇，就会从你身上脱落。不；你需要一种用心的想法。在那凶神恶煞一般的吵闹中，是不是有一种对我的呼求——有没有？很好，我听到了，我承认，不过我也有一种声音，而且不管好歹，这声音是不肯沉默的。当然，一个带着全然恐惧和细腻情绪的傻瓜，总是安全的。那是谁在咕哝？你们想知道，我有没有到岸上去，跟着他们嚎叫一声，跳上一支舞？好吧，没有——我没这么干。细腻的情绪，你是说？细腻的情绪，见鬼去吧！我可顾不上。我不得不盯着船舵，并且绕过那些礁石，千方百计地让这只破锡皮壶向前走。这些东西里面有浅显的道理，可以挽救一个聪明人的性命。而且，我时不时地还得去照看一个充当锅炉工的野人。他就是一个受过教化的例子；已经能够点燃一座立式锅炉。他就在我的下面，并且用我的话来说，你看见他，会像看见一条学人样穿着马裤、戴着一顶羽毛帽子、用后腿走路的狗一样大受启发。经过几个月的训练，才得到这个相当出色的家伙。他显然是鼓起了相当的勇气，才敢斜着眼睛去看气压表和水位表的——他也锉尖了牙齿，这可怜的家伙，把脑袋上的卷毛剃成奇怪的样式，每边脸颊有三道装饰性的疤痕。他本应该正在岸上拍手跺脚的，而不是在这里卖力工作，当一个奇怪巫术的奴隶，满脑子都是大受教益的知识。他是因为受过教导才变得有用的；他所知道的不过是——当那个透明东西里面的水消失了的时候，锅炉里面的魔鬼就会因为渴得要死而生气，做出可怕的报复。于是，他汗流浃背、火急火燎地忙活着，战战兢兢地——他随手拿布条做了一个符咒，绑在胳膊上，还把一块磨光的、手表大小的骨头镶在下唇上——盯着那根玻璃管子，而岸上的树木慢慢地从我们旁边溜过，那短暂的喧闹也被抛在后面，还有那漫长的寂静——我们爬行着，向库尔兹。礁石密布，河水很浅而且充满危险，那锅炉里面似乎真有一个暴跳如雷的魔鬼，不过，那锅炉工和我都顾不上去害怕这些。

在内地货站下游大概五十英里时，我们遇见了一座芦苇屋子，一根根歪歪斜斜、凄凄惨惨的杆子，挑着不可辨认的、也许曾是一面旗子的破布，飘荡着，还有一垛堆放整齐的木柴。真是出乎意料。我们登上岸，在那堆木柴上发现了一片平整的木板，上面有一些掉了色的铅笔字。仔细辨认，写着："给你们的木柴。快来。小心靠近。"还有一个签名，但看不清了——不是库尔兹——而是一个更长的词语。"快来。"去哪里？上游吗？"小心靠近。"我们刚才也没有小心靠近。不过，这警告不可能指这个地方，因为它只有在靠近后才能看到。一定是上游有什么东西不对劲。但那是什么——有多少呢？是个问题。我们不以为然地谈论着这傻里傻气的、电报式的说法。四周的丛林十分寂静，并且遮挡住了我们的视线。一道撕裂的红色斜纹布帘垂在小屋的入口，可怜巴巴地朝我们拍打着。住人的部分已经被拆了；但看得出来，不久之前曾有个白人住在这里。还留着一张粗糙的桌子——两根杆子架着一块木板；一个黑漆漆的角落里堆着一堆垃圾，在近门的地方，我还捡到了一本书。封皮已经掉了，书页被翻得脏兮兮、软塌塌的；不过书脊却被拿白棉线精心地重新缝补过，看起来还是很干净。真是一个了不起的发现。它的书名是《船艺探要》，是一个叫陶瑟还是陶森——某些差不多的名字——的人写的，他是皇家海军的一位船长。这东西看着读上去挺枯燥的，带着说明的图解和讨厌的数字表格，已经是六十年的老书了。我无比小心地拈起这一件迷人的老古董，唯恐它在我手里散掉。在书里，陶森或陶瑟正细致地探讨着船上链条和滑车的断裂应变，还有一些类似的问题。不算是一本十分愉快的书；但一眼看上去，人就能够看出它唯一的要旨，它对于教人如何正确工作的诚心，这使得那些谦逊的书页——尽管是那么多年之前出版的——闪烁着另外一种专业的光彩。那个单纯的老水手，带着他对链条和杠杆的讲论，竟然令我忘掉了丛林和那一班朝圣者，那是一种终于见到某些真实无误的东西的甜蜜感觉。真是奇妙，在那里居然能有这样一本书；而更令人惊奇的是用铅笔写在边白上的一些注解，显然是同正文互为参照的。简直不敢相信我的眼睛！它们是用密码写的！是的，看起来像是密码。想想吧，居然有人会带着这种书来到这片不知名的地方，而且还在研究它，还用密码在上面做了注解！简直太神奇了。

有一会儿，我隐隐地听见一个令人懊恼的声音，于是当我抬眼去看时，便发现那一垛木柴已经不见了，所有朝圣者附和着那位经理，止在河岸上吆喝我。我把那本书揣进衣袋。我向你们保证，阅读停下时，我就像是被从一段多年的、坚固的友谊的庇护下拖拽了出来。

我发动那蹩脚的机器，继续向前。"它一定是那个可怜的生意人的——这个闯入者。"经理回头对着我们刚才离开的地方，阴阳怪气地叫道。"他一定是一个英国人。"我说。"要是不小心，英国人一样难免陷入麻烦。"经理阴沉地自言自语道。我装作不解地答话，说在这片世界里没人可以不碰上麻烦。

眼下水流更急了，那条汽轮眼看命悬一线，船尾的明轮有气无力地扑通着，我跑过去踮起脚来听着它的每一下拍打，说句严肃的实话，我可以预见到这可怜的东西随时会停下来。那感觉，就像是看着某个生命最后一下的颤抖。不过，我们仍在爬动。有时候，我会挑前面一小段路程之外的一棵树，用来丈量我们向库尔兹驶去的进程，然而，总是不等赶到近前，我便已经认不出它来了。要把眼睛始终盯在那么远的一件东西上，对于人类的耐心实在太难了。经理漂亮地表示放弃。我又气又恼,心里挣扎着,要不要公开谈论一下库尔兹。不过,还没等做出决定,我便感觉到,无论我说什么还是不说什么,无论怎样做,都是徒劳无功的。一个人知道什么,或是漠视什么,有什么关系呢?谁当经理,又有什么关系呢?有时,人就会悟出这种道理。这件事情的实质深藏在表面之下,不在我可以左右的范围中,也不在我的干预力量之内。

第二天将近傍晚时,我们判断自己距离库尔兹的货站大约还有八英里。我想要继续前进;但经理看起来很严肃,告诉我上行的航程十分危险,既然太阳已经很低了,明智的做法便是就地等待,第二天早上再走。而且他还指出,如果我们要听从那个"小心靠近"的警告,我们就必须在白天前进——而不是在暮色中,或在黑夜里。这很有道理。八英里对我们意味着将近三个小时的航程,而且,我也望见河道上游尽头处有一些可疑的水纹。虽说如此,但这一耽搁还是让我有说不出的恼火,实在没道理,既然已经晚了好几个月,再多一晚又有什么要紧。鉴于有足够的木柴,那警告又要我们"小心靠近",我便提议在河中央过夜。那段河道很窄、很直,两侧很高,好像铁道的路堑。早在太阳落山之前很久,暮色便已经降入其中。河水流得又稳又急,两岸暗哑沉寂。那些活着的树木,被爬藤纠缠在一起,连同每一丛活着的灌木,连同那些最细的小枝和最轻的叶片,都像是变成了石头。它没有睡着——看上去那么异样,仿佛进入一种昏寐的状态。听不见任何一丝最微弱的声音。看着这一切,你会被惊呆了,开始怀疑自己是不是聋了——然后,黑夜就突然来了,又把你变成一个瞎子。凌晨大约三点的时候,有一条大鱼跃出水面,巨大的溅水声惊得我跳起来,就像有人放了一枪。太阳升起时,起了一片白雾,温暖又潮湿,比夜晚更让人看不见。它既不飘走也不散去;就停在那儿,像某些牢不可破的东西困守在你周围。大约八九点钟时,它升上去,就像百叶窗拉开了一些。我们已经瞥见了林立的高大树木,还有无比暗淡的丛林,太阳像一颗闪亮的小球挂在上面——几乎一动不动,而不一会儿,那白色的百叶窗又重新放下,像沿着油槽又滑落了下来。锚链已经收起来了,这时候我又不得不吩咐把它放了下去。在铁链滚落的咔嗒声停下来之前,叫喊声,十分响的叫喊声,充满了无尽的孤寂,在朦胧的空气中缓慢地升起来。这个声音停了下来。一种哀怨的喧闹声,伴随着野蛮人的嘈杂声,又在我们的耳朵中充斥了起来。它的凌空出现让我的头发在帽子下面直立了起来。我不知道其他人有什么感想。对我来说,就仿佛眼前的迷雾本身尖叫了起来,这一混乱的喧嚣如此突然,并且显然是从四面八方一起升起来的。这种尖叫声急匆匆达到无以复加的时候,又突然地停了下来,让我们以各种各样的愚蠢的样子僵在了那里,还顽固地听着几乎同样吓人和过度的寂静。"上帝呀,这是什么意思?——"我身旁的一个朝圣者结结巴巴地说,他是一个矮胖的人,头发是沙茶色的,胡须是红色的。他穿着侧面有松紧带的靴子和粉红色的睡衣,裤脚掖在了袜筒里。还有两个朝圣者则仍然大张着嘴巴,很久才冲进了小木屋里,又匆忙冲出来,并且站立住,惊恐地四处张望,手里的温彻斯特已经上了膛。我们所能看到的仅仅是我们所在的汽艇,汽艇的边缘就像即将要融化了一样模糊,还有一条雾蒙蒙的水道,在汽艇的周围,或许不足两英尺宽,仅此而已。对我们的眼睛和耳朵来说,世界不见了。就是不见了。消失了,无影无踪,一扫而空,不留只字片影。

我走上前，命令他们立即把铁链拉起来，这样的话，一旦需要，我们就可以立即收起锚，发动汽艇。"他们会进攻吗？"一个惊恐的声音说，"在这样的大雾里，我们只能等着被宰了。"另一个小声地说。一张张脸紧张到抽搐，手在轻微地颤抖，眼睛也忘记眨了。我们船员中白人的表情和黑伙计们的表情对比看上去十分奇怪，这些黑伙计们和我们一样，都是这一片河流上的陌生人，尽管他们的家乡就在八百英里之外。当然，白人看起来十分地不安，被这样粗暴的吵闹声吓了一跳，样子看起来痛苦又好奇。黑伙计们的表情则机警又充满了天然的兴趣。但是他们的脸看上去很平静，甚至连拉着铁链咧着嘴的一两个也是这样。他们咕哝着交换了几句简短的抱怨，就算满意地处理了这件事。他们的带头人站在我身边，他是一个年轻、胸脯宽厚的黑人，穿着厚厚的深蓝色锁边衣服，鼻孔可怕，头发有技巧地做成了一个个油油的小卷儿。为了看起来友好，我说，"啊哈"。他突然说，"抓住他！"说着睁大了眼睛，眼球充血，露出了锋利的牙齿。"抓住他，把他带过来。"我问，"带给你吗，你要对他们做什么？""吃了他们！"他粗率地说，胳膊肘靠着栏杆，样子庄严又充满深思地望向大雾里。如果我没有想到他和他的伙伴们一定非常饿了，我显然是要被狠狠吓一跳的。在过去的至少一个月里，他们一定是越来越饿了。他们受雇佣于此已经有六个月了（我认为他们中的任何一个人对时间都不会有什么概念，就像我们在无数个世纪里那样。他们仍然处在时间的起点，没有传承的经验可以教导他们），并且当然只要根据任何沿河的滑稽法律书写了些什么，人们就不会再烦扰自己去想该怎么生活了。显然他们自己带了一些腐烂的河马肉。这些河马肉本来就放不了几天，更何况朝圣者们还在吓人的喧嚣中把很大一部分扔下了船。这就像一场强权的战役，但是实际上它只是合法的自我防卫。你不可能醒着、睡觉、吃东西的时候都呼吸死河马的味道，并且还要保持小心翼翼地生存下去。除此以外，他们每周还给他们三片黄铜线，每一片有大约9英寸那么长，并且说是让他们用这种货币在沿河的村庄里购买供给品。你能看明白这事行不通。沿河要不是没有村庄，或者村民没有多么友好，就是喜欢我们吃罐头并且偶尔会宰一头公山羊的经理，在没有什么扎实的理由的情况下，根本就不让汽艇停下来。因此，除非他们把黄铜线吞了，或者做成小环用来钓鱼，我看不出这么奢侈的薪水对他们来说有什么用。我必须说他们的工资发得非常及时，这是一个倍受尊敬的大贸易公司该有的作风。在剩下的日子里，他们唯一能吃的东西——尽管看起来一点不像能吃的样子——我看见他们拥有的是几团看起来像半熟的面团一样的东西，颜色是脏分分的淡紫色。他们用叶子包着这些东西，时不时会拿出来吞下一小块。但是这一块是那么小，看上去只是为了做出吃东西的动作而已，根本不可能起到果腹这一严肃的目的。为什么这些饥饿的食人生番不吃我们呢。他们有三十个人，而我们只有五个人。他们真要那么做，完全是万无一失的事。我现在想起来都觉得挺诧异。他们是高大强壮的人，也没有多少能力去考虑后果。尽管他们的皮肤不再光滑，肌肉也不再结实，但是他们仍然有勇气和力量。我注意到有某种力量在抑制着，那些人类秘密中的一个阻止了这一可能性，在这时候发挥了作用。我看着他们，突然很感兴趣。这倒不是因为我想到可能用不了多久我就要被它们吃掉。不过我要向你们承认，那时我从一个新的角度认识到，这些朝圣者们看起来有多么的不健康，并且我希望，是的，是真的希望我的样子不是这样的。应该怎么说呢？这样的不可口。那段日子，我总是做白日梦，这也算是一种异想天开的虚荣吧。也许我可能也有点感冒。人活着不能一直用手指摸着自己的脉搏，试试自己有没有发烧。我经常会有点"发烧"，或者什么别的小不舒服——这算是那片荒野玩笑般地抚摸了你一下吧。到了时候总要来的才是更加认真的杀戮。是的，我看着他们，就像你看着参加无限体能测试的人们一样，对他们的脉搏、动机、能力和弱点都感兴趣。可能是什么产生的抑制呢？是迷信、厌恶、耐心、恐惧还是某种原始的崇拜？没有什么恐惧能对抗得过饥饿，没有什么耐心能把饥饿消磨掉，在饥饿存在的地方，厌恶就不会存在。而至于迷信、信仰和或许会被你叫作原则的东西，它们连风中的麦糠都不如。你应该知道，徘徊不走的饥饿的暴行，它是让人恼火的折磨，它染黑了你的思绪，是忧郁而且挥之不去的狂暴。我很熟悉这一点。为了好好忍住饥饿，一个人不得不耗尽他所有的力气。比起这种漫无边际的饥饿感，面对丧失亲人，丢失名誉以及毁灭灵魂真的要更容易一些。让人悲哀，不过这是真的。并且这些家伙们似乎没有任何理由犹豫一下。抑制！指望他们抑制，还不如指望在陈列满尸体的战场上觅食的鬣狗抑制自己。但是我们面对着这样的事实，这个事实如此耀眼，看上去就像深海中的泡沫一样，就像深不可测的谜上的一个涟漪。每当我想起来，总觉得它是比从河岸上、从迷雾的白色迷障之后，向我们席卷而来的野蛮喧嚣中的巨大的痛苦中不可解说的奇怪音符更大的秘密。

　　两个朝圣者在热烈地小声讨论着应该在那一边靠岸。"左边。""不，不行，你怎么能？右边，当然是右边。""这是一件很严肃的事,"经理在我后面说,"在我们到那里之前,要是库尔兹发生什么事,我会很难过。"我看着他,丝毫不怀疑他说这话的时候是真诚的。他是那种要把形式做好的人。这是他的克制。但是当他说要立即出发的时候,我甚至都懒得回应他的话。我知道,而且他也知道,那是不可能的。我们要是不抓住最后的稻草,就会完全置身空气中,置身太空中了。我们说不清楚应该到哪里去,是去上游还是下游,还是横渡——直到我们靠近一个岸边或另一个岸边,我们才能知道我们在哪里。当然我没有开船。我可不想搞砸。没有比这里更可能让船失事的地方了。不管会不会立即淹死,我们确切无疑都会快速地以一种或另一种方式消失。"我命令你不计一切代价。"他沉默了一会儿后说。我简短地回答他,"我不愿意那样做。"这正是他想听的回答,尽管我的语气可能让他吃了一惊。"那么,我必须服从你的判断。你是船长。"他十分有风度地说。我向他转过身去,来表示我的感激,接着看向大雾里。这场大雾会持续多长时间?我满眼都觉得毫无希望。库尔兹在可怕的丛林中寻找着象牙,而我们去到他那里的路程充满了各种各样的危险,仿佛他是睡在传说中的城堡中的被施了魔法的公主。"他们会进攻吗,你认为?"经理以充满信任的语气问道。

我不认为他们会进攻,有这么几个明显的原因。大雾是其一。他们如果划着独木舟离开岸边,就会迷路,就像我们如果试着动一下,也会迷路。尽管如此,我还是打量了一下河两岸难以深入的丛林,那里面藏着许多双眼睛,这些眼睛已经看见我们了。河岸上的灌木丛显然十分茂密;不过灌木下的植被也显然是可以穿透的。然而,在大雾略微散开的间隙,我在目力所及的地方没有看到一艘独木舟,与汽艇并行的显然没有。但是让我认为进攻的想法是不可能源于吵闹声的本质,就是我们听到的叫喊声。那声音并不带着凶残的特征,像是马上要对我们发起进攻的征兆。尽管那声音听上去出乎意外、野蛮而且暴力,但是它让我不可抑制地感受到一种悲伤。不知为何,瞥见汽艇竟让那些野蛮人充满了不可遏制的痛苦。如果有危险的话,我思来想去,危险也是来自我们的靠近,它让一种极大的人类感情释放了出来。甚至极端的痛苦最终也是要在暴力中找到出口的,不过在更通常时候痛苦释放的形式是默然。

你们真应该看看朝圣者们目瞪口呆的样子!他们没有心咧嘴笑一笑,或者甚至是责备我。但是我相信他们认为我是疯了,或许是吓疯了。我好好地发表了一场演讲。我亲爱的孩子们,烦恼没有什么用。仔细注意着吧?嗯,你们可以猜到我注视着大雾散开的迹象,就像猫盯着耗子一样。但是对于别的事来说,我们的眼睛对我们的用处不比我们被深深地埋在棉花或者羊毛垛下面多一些。当时的感觉很憋闷、燥热而且让人窒息。而且我所说的,虽然听起来不可思议,但完全都是事实。这个我们后来称为袭击的事件实际上只是尝试将我们逼退。这种行为远远不具有侵略性,甚至在通常意义上说,连防御性都算不上:那只是绝望下的一种行为,并且本质上纯粹是自我保护性的。

应该说,在大雾散开之后两个小时,事情才有了发展,并且,大概来说,事情发生在距离库尔兹的货站还有大约一个半英里的地方。我们刚刚挣扎着绕过了一个弯弯的河道,就看见在河流中央有一座绿油油的圆丘一样的小岛。一开始我们只能看见这么一座小岛。但是当我们越靠近那里,我才发现那座小岛其实是一片长长的沙洲的开端，或者更准确地说是沿着河流中央的一片浅浅的滩涂。这片滩涂刚刚淹没在水面以下，没有露出到水面上。整片滩涂都在水面以下，就像我们可以看见一个人的脊柱在他背后的皮肤下面伸展一样。那时，我知道，我可以从这片滩涂的右侧或左侧行驶。当然，两侧的情况我都并不了解。两侧的河岸看上去很相似，两侧的深度也似乎一样。但是我听说货站在西岸，于是我自然地选择了西边的河道。

我们的汽艇还没有开进去多久，我就意识到它比我预想的要窄得多。在我左侧是长长的连绵的浅滩，而在我右侧则是茂密地长满了高大的灌木的陡峭河岸。在灌木之上，树木成队列地耸立着。浓密的树枝悬垂在河流上，并且每隔不远，就有一些树木的巨大树枝僵硬地伸展在河流上方。那时时间已经接近傍晚，森林的面容已经变得忧郁，巨大的阴影投在河流上。在这样的阴影中，我们沿河而上，十分缓慢，你能想象到能有多慢就有多慢。我非常靠近河岸行驶，河岸边上的水是最深的，测深杆也告诉我这一点。

我正在忍饥挨饿的一个朋友正在我下方的船头测量水深。这艘汽艇完全就像装了甲板的驳船。在甲板上有两个小柚木屋，各自安装了门和窗。锅炉在前端，机器在船尾。汽艇整体上有一个小屋顶，用支柱支撑着。烟囱从屋顶上伸出来，在烟囱的前面有一个用薄木板搭起来的小船舱，用来做驾驶室。驾驶室里有一个沙发，两把折叠凳，一把装好子弹的马提尼－亨利枪倚在一个角落里，一张小桌子，还有一个舵盘。正前方有一扇宽阔的门，两侧各有一个宽阔的百叶窗。当然，这些门窗都是打开着的。我整天待在那扇门前面的屋顶最前端。晚上我就在沙发上睡觉，或者说试着睡觉。我的舵手是一个身材健硕的黑人,他来自海岸上的某个部落,是我可怜的前任训练的。他把玩着一对铜耳饰,从腰上到脚踝裹着蓝色的布条。他看起来仿佛以为整个世界都是他的。他是我见过的那种最不靠谱的傻瓜。当你在他身边的时候,他就一副虚张声势的样子,但是一旦看不见你,他就立即变得慌乱无措,马上让老汽艇弄昏了头。

我正在俯身看测深杆并且看到每尝试一次,测深杆就钻山河面一些,心里十分恼火,这时候我看到我的测深员忽然放弃了这项工作,四脚朝天地躺在了甲板上,甚至都没有先把测深杆拿出来。不过他还是攥着测深杆,让测深杆在水中拖行。与此同时,锅炉工也突然坐在了他的炉具前并且低下了头。在我所在的位置,俯身也能看见他。我吃了一惊。然后我不得不很快地抬头看向河面,因为在航路上出现了障碍物。树枝,小树枝,四处飞舞——密密麻麻:它们嗖嗖地从我鼻子前面飞过,落在我的脚下,打在我身后的驾驶室上。这期间,河流、河岸、树林都非常的安静——十分地安静。我只能听见船尾明轮沉重的击水声和所有这些的拍打声。我们笨拙地清除了障碍物。箭,天呢!有人朝我们射箭!我赶紧走进去,关上了朝向陆地的百叶窗。那个傻瓜舵手,双手扶着轮子,高抬起膝盖,跺着脚,紧闭着嘴,好像是上了缰绳的马。他慌乱得不行!我们在距离河岸不足十英尺的地方艰难地挣扎着。为了拉下百叶窗,我不得不向右边倾斜身体,那时候我在树叶间看到有一张脸,和我的脸在一个水面高度上。这张脸十分暴怒地死盯着我。接着突然就像面纱从我的脸上揭开一样,我看到在错乱纠缠的迷雾中有裸露的胸脯、胳膊、腿、灼热的目光。灌木丛中涌动着活动的人类四肢,这些人身上闪烁着铜色的光芒。树枝摇摆,晃动,沙沙作响,箭从其中飞出来。这时候我拉上了百叶窗。我对舵手说，"照直开"。他僵硬地挺着脑袋，脸朝向前方，但是眼睛转动着，他的脚不停地缓慢地抬起放下，嘴巴上冒出了一点白唾沫。我愤怒地说，"保持安静"。那种时候我恨不得命令树枝停止摇摆。我冲了出去。在我下面，人们在铁甲板上慌张地乱走，混乱地惊叫，一个声音尖锐地说，"你能掉头往回开吗？"我在前方的水面上看到了V形的水纹。那是什么？又一个障碍物！我脚下爆发出一阵猛射。朝圣者们用他们的温彻斯特手枪开枪了，不过就是向灌木丛林喷射铅弹。一片片烟雾升了起来并且慢慢地向前飘散开。我咒骂了几句。这时候我看不见水纹，也看不见障碍物。我站在门口处凝望，箭蜂拥而至，箭上也许涂了毒药，但是它们看起来连一只猫都杀不死。灌木丛中开始发出咆哮。我们的伐木工们响起了战争的号角，我背后来复枪的枪击声让我震耳欲聋。我扭头看到我的驾驶室里满是噪音和烟雾，这时候我不得不冲向舵轮。那个黑傻瓜早就不管不顾了，打开了百叶窗，打起了马提尼－亨利。他站在大开的窗前，四下探望着，我朝他喊让他回来，同时把急转弯的汽艇扳了回来。即使我想，也没有掉头的空间，障碍物就在前方混乱的迷雾中，十分靠近了。没有时间可以浪费了，于是我径直地将汽艇开向了河岸——径直开向了河岸，我知道那里的水很深。

在混乱的短碎的树枝和飞舞的树叶中，我们在悬垂下来的灌木枝条中缓慢地行驶。下面的枪击声突然停了下来，我预想是这样的，弹药很快就会耗完的。我转头看了看从一个百叶窗穿过另一个百叶窗的闪闪划过的子弹。我看见那个发疯的舵手摇动着空的来复枪，朝河岸上大喊大叫，接着看到一些模糊的身影，猫着腰，跳跃，跑过。这些影子破碎凌乱,一闪而过。在百叶窗前忽然出现了一个巨大的影子,来复枪从船上打了过去,那人快速地回退,扭头看着我,目光奇异、深邃而且熟悉。接着他倒在了我的脚下。他的脑袋的一侧两次撞在了舵轮上,一根类似手杖的东西咔嗒乱响,打倒了一个小折叠凳。看上去他好像是在从岸上的某个人手里夺过那个东西的时候才失去了平衡跌倒的。薄雾散去,我们清除了障碍物。我可以看到在前方一百多码远的地方,我就可以顺利地通行,离开河岸了。这时候我觉得我的脚十分的温暖潮湿,于是低头看。那个人翻了身平躺着,目光径直对准我。双手攥着那根藤条。那是一把矛枪的杆。这把矛枪从百叶窗上扔或投进来,正好打在了他一侧的肋骨下面。矛尖钻进了他的身体里,在他的身上留下了深深的伤口,我的鞋满了。平静的一摊血水在舵轮下面闪烁着深红色的光芒。他的眼睛里发出了奇异的光泽。猛烈的枪声再一次爆发出来。他焦急地看着我,手握着矛枪,仿佛握着什么珍贵的东西,好像怕我抢走似的。我不得不费力才从他的目光中移开,去操作舵轮。我伸出一只手摸索着我头上方的汽笛绳,匆匆地一遍又一遍地拉响汽笛。军事号角一样的愤怒的咆哮声突然停了下来,接着从树林深处传来了轰然而且持续的悲号,这些声音中充满了哀伤的恐惧和极端的绝望,地球上的最后一线希望没有了也不过如此。灌木丛中混乱骚动起来,像雨点一样的箭停了下来,几支没了力气的箭突然落了下来,接着就寂静无声了,只有船尾明轮无力的击打声传进我的耳朵中。正当我把船舵转向右舷的时候,穿粉红色睡衣的朝圣者热烘烘、急匆匆地出现在了门口。"经理叫我来——"他打着官腔说道,又突然停了下来。"天呢。"他盯着受伤的人说。

我们两个白人站在他的前方。他用充满光芒和疑问的眼神看着我们俩。我敢说,他的样子似乎要马上用我们能理解的语言问我们某个问题。但是最后他死了,死之前一个字都没有说,也没有动一下四肢,抽动一下肌肉。仅仅是在最后一刻,似乎是为了回应某个我们看不见的信号,某个我们听不见的嘘声说话,他才深深地皱了皱眉头。那个眉头让他死去的黑色面容看上去是一种难以置信的肃穆、深思以及恐怖的样子。充满光芒和疑问的凝视也迅速褪色,变得像玻璃珠一样空洞。"你会掌舵吗?"我焦急地问那个来传话的人。他看起来十分拿不定主意,但是我抓了一下他的胳膊,他立即明白我想让他掌舵,不论他会不会。跟你们说实话,我病态般焦急地想换掉我的鞋和袜子。"他死了。"这个伙计说,听上去十分动容。"显然是。"我说着,同时像疯了一样撕扯我的鞋带。"而且,顺便说一句,我想库尔兹先生这时候也已经死了吧。"

那时候,这样的想法占据了我的思维。我极度地失望,仿佛我发现我一直努力追寻的其实并不存在。如果我走了那么一路的唯一目的就是要和库尔兹先生聊聊天,我也不会更恶心了。聊天……我把一只鞋扔下了船,那时候我才意识到我期待的真的就是和库尔兹聊天。我奇怪地发现我想象中的库尔兹先生并没有做什么,而是在交谈。我并没有告诉自己,"现在我再也见不到他了"或者"我再也握不到他的手了",而是"我再也听不到他说话了"。他在我的印象中是一种声音。我显然没有把他和某种行为联系起来。所有人用嫉妒、敬佩的语气告诉我的难道不是他收集、交换、诈骗或偷盗的象牙比其他所有代理人都多吗?关键点不在这里。关键点是他是一个如此有天赋的人,在他所有的天赋中,最突出、也最让人感到真实存在的一个是他说话的本领。他的语言——表达的天赋，让人迷糊，给人启发，崇高又卑鄙，是光明的脉搏，或是难以穿透的黑暗的心中的谎言。

另一只鞋也飞到了那魔鬼的河流上。我想，"上帝呀。一切都完了！我们太迟了。他消失了——那才华消失了，在矛、箭或棍子下消失了。我将再也没有机会听到那个家伙说话了。"我的悲伤是如此地惊人，我意识到我的悲伤甚至和丛林中的那些野蛮人的哀号一样强烈。哪怕我被夺去了信仰或者失去了我的人生目标，我也不会感到更加凄凉落寞了。……人呢，你为什么要像野兽一样叹息？可笑？是的，可笑。上帝呀！难道人永远不——来，给我一点烟……

他停了下来，接下来是一阵深深的沉默。然后火柴点燃，马洛枯瘦的脸出现了，苍老、两颊凹陷，充满下垂的褶子，眼睑也下垂了，面容看起来十分专注。他猛地吸着烟嘴，烟斗上的小火光也在夜色中有规律地闪现，隐藏又出现。火柴熄灭了。

可笑！他叫喊道。这样显然是没有办法讲故事的……你们都在这儿，每个人都有两个安稳的容身之处。就像一艘大船，抛下了两个锚。一个角落里有一个屠夫，另一个角落里有一个警察，胃口很好，气温正常——一年到头，年复一年，你们听到的都是正常。你们说，可笑！我亲爱的伙伴们，对于一个紧张到把一双新鞋子扔下了船的人，你们还能指望他做什么。现在我想起来，我当时没有掉眼泪已经很神奇了。总体上，我还是对我的勇气感到骄傲。一想到我错过了聆听天才的库尔兹说话的荣幸，我就感到痛彻心扉的难过。当然，我错了。那荣幸正等着我呢。而且我听了足够多。而且我也是对的。一个声音。他比一个声音多不到哪儿去。我听到他、它、这个声音、其他的声音——所有这些都比声音多不到哪儿去——并且关于那时的记忆本身在我周围徘徊不散，无形，就像一团巨大的含糊不清的话语，愚蠢、邪恶、野蛮或者就是下作，没有任何意义地在做将死的颤抖。声音，声音——甚至连那个女孩自己——就这样。

他沉默了很长时间。

他突然又开始说，我最后用一个谎言放下了他才华的幽灵。女孩？什么女孩？我提到一个女孩了吗？啊，她跟这件事没有关系——完全没有关系。她们——我是说女人们——就应该跟这件事没关系。我们必须帮助她留在她们自己的美丽世界里，以免我们自己的变得更坏。是啊，她必须跟这件事无关。你们应该听听那个刚出土似的库尔兹先生说，"我的未婚妻"。那样你们就能直观地了解她是如何完全与这件事无关的了。还有库尔兹先生那高高的额骨！他们说头发有时候还会继续长，但是这个——这个标本，却秃得让人记忆犹新。野性在他的脑袋上拍了拍手，所以，你们看呢，他的脑袋就像一颗球——一颗象牙球。野性不断地爱抚他，接着他就枯萎了。野性将他带走，爱他，拥抱他，走进他的血管，消耗他的血肉，通过某种魔鬼般发端的让人难以置信的仪式将他的灵魂封存进了自己的灵魂中。他是被它娇惯坏了的宠爱。象牙？我想是的。成堆的象牙，一摞摞。老泥棚里装满了象牙。你可以认为在那片土地上，无论地上还是地下，没有一根象牙剩下。"大部分是化石。"经理轻蔑地说。这些化石不比我老。但是把它们挖出来的时候他们就叫它们化石。看来这些黑家伙们有时候会把象牙埋起来。不过显然他们不能把这些大家伙们埋得足够深，让天才的库尔兹先生完不成自己的使命。我们把汽艇上装满了象牙，而且不得不在甲板上摞起来很多。然后他就一直不停地看和享受，因为对这些象牙的欣赏一直伴随他到了最后。你们应该听听他说,"我的象牙"。是的,我听见他说,"我的未婚妻,我的象牙,我的货站,我的河,我的——"一切都属于他。这让我屏住呼吸盼望着听到荒野爆发出一阵惊人的大笑,抖落掉那里的群星。一切都属于他——但那只是一个小事。重要的是去了解什么属于他,有多少黑暗的力量宣布将他占有。这样的想法会让你毛骨悚然。试着去想象是不可能的,对一个人来说也是不好的。他在魔鬼的土地上占据了高位——我说的是字面意思。你们不会懂的。你们怎么能明白呢?你们脚下踩着坚实的人行道,周围善良的邻居随时准备鼓舞你或者打击你,你身处在流言蜚语、绞刑架和疯狂的难民营的无限恐怖中,小心翼翼地在屠夫和警察之间行走。你怎么能想象,在孤寂——绝对的孤寂中——没有警察,只有沉默,绝对的沉默,没有善良的邻居小声地警告你公众的意见,一双没有枷锁的脚会把他带到什么原始的地方呢?这些小事情的影响是巨大的。当它们都消失了的时候,你只能依靠自己内在的力量,只能依靠你自己坚持信仰的能力。当然你也可能太傻了,太迟钝到甚至不知道你被黑暗的力量攻击了。我相信这一点,傻子怎么会和魔鬼为自己的灵魂讨价还价呢。要么傻子太傻了,要么魔鬼太鬼了。我不知道是哪一种情况。或者你也许是一个如此崇高的造物,又聋又瞎,只能看见天国的造物,听见神圣的声音。那么地球对于你来说只是一个暂时的落脚地,而这样对你来说是输是赚,我不愿意假装知道。但是我们大多数人都既不是前者也不是后者。地球对我们来说是一个栖息地,我们必须要面对上帝给予的景观、声音以及气味。比如说,去闻死去的河马,而且还不能被污染。就是这样,你们看见了吗?你的力量要发挥作用了——你的信念的力量,不是对你自己,而是对某种模糊而且让人筋疲力尽的事业的信念。这已经足够困难了。你们要知道，我没有试着找借口或者甚至解释——我试着向我自己描述库尔兹先生——库尔兹先生的阴影。这种不知从何处开始的幽灵在它消失之前因为它惊人的信心让我荣幸。这是因为它会对我讲英语。原本的库尔兹在英国接受了一部分教育而且他还好心地告诉我他自己——他的同情心没有用错地方。他的母亲是半个英国人，他的父亲是半个法国人。整个欧洲都要感激库尔兹的贡献。而且渐渐地我了解到，他做得更合适的是，肃清野蛮习俗国际组织委托他来起草一份报告以作为未来的指导。他也写了。我看见了，也阅读过了。这份报告写得十分流畅，语言充满雄辩，但是过分兴奋，我认为。他竟然找出时间写了密密麻麻的十七页纸的内容！但是这一定是在他——我们应该怎么说呢——他的神经出问题之前，而且他还不得不主持某些午夜的舞蹈，这些舞蹈都以某些难以言说的仪式结束，而且从我后来在不同时候听到的信息中，我不情愿地得知，这些仪式是献给他的——你们听明白了吗——是献给库尔兹先生自己的。但是那真的是一篇优美的报告。然而开篇的段落从后来发生的事情来看，让我感觉真的是不吉利的。他首先论述了一段我们白种人从我们进化到的水平来看"一定对他们野蛮人来说就像超自然的存在一般——我们就像某种神灵一样出现在他们的身边"。如此等等。"只要简单动用我们的意志，我们就能毫无限制地永远运用一种本领"，等等。从那时起，他就打开了话匣子并且我也沉浸在其中。结束语雄浑壮阔，尽管很难记，你们了解的。我从中了解到了这片被威严的君主统治着的广阔的异域土壤。这让我充满了热情。这是雄辩的语言，燃烧的高贵文字的无边的力量。似乎没有什么能打断这些文字有魔力似的滚滚流出，除了在最后一页的底部，才显然是在很久之后才歪歪扭扭地写下的一种符号，可以算是对一种方法的说明。那时候他的手显然已经不稳了。这些文字非常简单，并且在这些对每一种利他主义情怀的动人呼吁的末尾，它将你照亮，发人深省又令人恐惧，就像晴空中的一道闪电："消灭所有的畜生！"奇怪的部分是他显然已经忘记了那段珍贵的附言，因为后来他有些清醒过来了，不断重复地找到我，要我照顾好"我的小册子"，他是那么称呼他的报告的，仿佛确信在未来这本小册子会对他的事业有好的影响。关于所有这一切，我的信息是十分准确的，并且除此以外，我发现我还得照顾别人对他的记忆。对于那本小册子，我做了足够多，因此相信我有不容置疑的权利，如果我愿意的话，可以将它放进垃圾堆里并且形象地说让它和文明的所有死猫死狗一样永远地躺在进步的垃圾桶里。但是，那时候，你们知道，我不能那么做。他不会被忘记。无论他是什么，他都不平常。他有能力让那些原始的灵魂，痴迷他也好，害怕他也好，总之会为他跳起夸张的巫术一样的舞蹈。他还能让朝圣者们的小灵魂中充满了苦涩的不安：他至少还有一个真诚的朋友，并且他战胜了这个世界上的一个既不野蛮也不利欲熏心的灵魂。不，我不能忘了他，尽管我并不准备断言这个家伙值得我们丢失那么多人命去寻找他。我非常思念我死去的舵手——甚至在他的身体仍然还躺在驾驶室里的时候，我已经想念他了。或许你们会觉得这样的感情是奇怪的，这么惋惜一个野蛮人，他可能不比黑色的撒哈拉沙漠里的一粒沙子有价值一些。但是，你们知道，他做了一些事情，他掌过舵。连续数个月，他都站在我身边，是我的助手，是一个工具。我们之间是一种伙伴关系。他为我掌舵——我不得不照顾他，我担心他的不足，并且因此缔结起了微妙的纽带。这种纽带，只有当它忽然断了的时候，我才意识到它的存在。当他受伤的时候，他看向我的亲密而幽深的目光让我至今无法忘记——就像在某个庄严的时刻确认的一个远方的亲戚一样。

可怜的傻瓜！他要是没有打开百叶窗就好了！他控制不了自己，控制不了自己——就像库尔兹——就像一棵树随风摇摆。我一换上一双干的拖鞋，就把他拖了出去。我先把矛从他身上抽走，这个动作我确信我是闭着眼睛做的。他的脚踝一起跃过小小的门阶；他的肩膀压向我的胸膛，我从他后面吃力地抱住他。哎！他是那么的重，那么的重，比地球上的任何一个人都要重，我认为。然后没有再遇到更多麻烦，我就把他翻到了船下。河流抓住了他，仿佛他不过是一捆青草一样。我看着他的身体翻滚了两次，接着就消失在了我的视野中，再也看不见了。所有的朝圣者和经理那时候都聚集在驾驶室边的有篷甲板上，他们互相叽叽喳喳地讨论着，就像一群兴奋的喜鹊。他们在非议我这一迅速又无情的举动。他们想留着这具尸体做什么，我猜不出来。想涂上香油防腐吧，可能是。但是我还听到了另一个声音，在下面的甲板上有一个小声音说着非常不吉利的话。我的朋友们——樵夫们也同样在非议我，他们的理由更明显一些，尽管我承认这理由本身并不十分让人接受。啊，是十分不让人接受！我下定决心，如果我死去的舵手要被吃掉，那么只有鱼可以吃他。他活着的时候是一个十分二流的舵手，但是他现在死了，他或许就成了一流的诱饵，而且或许会导致一些惊人的麻烦。另外，我还焦急地想掌舵，穿粉红色睡衣的人看起来在这项工作上是一个让人绝望的笨蛋。

这个简单的葬礼一结束，我就直接去掌舵了。我们半速前行，一直保持在河流中央笔直航向。我留心听着他们议论我的话。他们放弃了库尔兹,他们放弃了货站。库尔兹死了,货站被烧了,等等等等。红头发的朝圣者因为至少算是给可怜的库尔兹恰当地报了仇这样的想法弄得发狂了。"你说,我们一定把丛林里的他们全部屠杀了吧。是不是?你觉得呢?你说。"他快活地跳着舞,这个嗜血又暴躁的小乞丐。可是当他看到受伤的人时,他差点晕了过去!我禁不住说,"不管怎么说,你制造了足够多的烟雾。"从丛林的冠部抖动飘摇的样子来看,我判断几乎所有的子弹都打高了。除非瞄准目标并且托在肩膀上开火,否则你根本打不中任何东西。但是这些家伙们从屁股上开火,眼睛还闭着。这次的撤退——我坚持认为——而且我是正确的——是汽笛的尖利叫声导致的。说到这儿,他们就忘记了库尔兹,开始义愤填膺地跟我咆哮。

经理站在舵轮旁边,机密地对我小心说要不惜一切代价赶在天黑之前赶到河流的下游,这时候我看到在远处的河边有一片空地以及一些某种建筑物的轮廓。我问道,"这是什么?"他惊奇地拍手,叫喊道:"货站!"我立即向岸边靠近,但仍然是半速航行。

通过望远镜,我看到山坡上错综点缀着数得清的几棵树,地面上完全没有灌木。在山顶上有一长片颓废的建筑,半掩在高高的草丛中。耸起的屋顶上有一些巨大的洞,从这远处看起来就像张开的黑色大嘴。丛林和树木成了背景。建筑周围没有院墙或篱笆之类的东西;不过过去显然是有过的,因为靠近房屋的地方还有七八根纤细的木桩排成一排,这些木桩被粗略地修整过,上端还装饰着雕刻的圆球。栏杆或者它们之间的任何东西已经不见了。当然周围还有整个森林包围着它。河岸很干净,而且在河边我看到了一个白人,他戴着一顶像车轮一样大的帽子，伸出整只胳膊不断地跟我们打招呼。审视了森林的上面和下面以后，我几乎可以确定我看到了有人在活动——人影在这里那里悄悄行走。我谨慎地行驶了过去，然后停下了引擎并且让汽艇向下漂流。岸边的那个人开始大声叫喊，催促我们上岸。"我们受到进攻了。"经理尖声喊道。"我知道——我知道。没事了。"另一个喊着回答他，声音听起来无比的高兴。"快来。现在没事了。我很开心。"

他的外貌让我想起来我见过的某件东西——我在别处见到的一种滑稽的东西。我一边向河岸航行，一边问我自己。"这个家伙究竟像什么呢？"忽然我想起来了。他就像一个小丑。他的衣服是用某种本色亚麻布一样的布料做成的，但是上面布满了很多的补丁，颜色鲜亮——有蓝色的、红色的和黄色的——背后有补丁，前面有补丁，胳膊肘上有补丁，膝盖上也有补丁；他的外套上有一圈颜色，裤腿也用猩红色锁了边儿。在阳光下，他看起来十分的快活而且又极其的整洁，因为你可以看清楚所有这些补丁补得是多么的巧妙。一张没有长胡须的孩子气的脸，非常的干净，没有什么特征可以讲，鼻子掉了皮，有一双蓝色的小眼睛，笑容和皱眉在这张空旷的脸上互相追逐着，就像在风扫过的平原上的阳光和阴影。"小心，船长。"他叫喊道，"昨天晚上在这里放了一个障碍物。""什么？还有一个障碍物？"我承认我气急败坏地咒骂了。我差点把这艘破船撞出一个洞来结束这场迷人的旅行。河岸上的小丑扬起他的小狮子鼻，朝向我说，"你是英国人吗？"满脸的笑容。"你是吗？"我在舵盘后面喊道。他的笑容消失了，并且他摇了摇脑袋，似乎对我的失望表示难过。然后他又高兴了起来。"没关系。"他鼓励地喊道。"我们到得及时吗？"我问道。"他到山上了。"他回答道，说着向山上扬了扬头，并且突然变得忧郁了起来。他的脸就像秋天的天空，上一秒乌云蔽日，下一秒晴空万里。

经理在全副武装的朝圣者们的簇拥下进了屋之后，那个家伙上了船。"我说，我不喜欢这个。这些当地人还在灌木丛里。"我说。他真诚地跟我说没关系的。他补充说，"他们都是简单的人。嗯，我很高兴你能来。我一直在花时间赶他们走。""但是你说没事的。"我喊道。"啊，他们不会伤害我们的。"他说。我还盯着他看，于是他又纠正说，"不完全是。"接着他又愉快地说，"我猜你的驾驶室需要好好打扫一下了！"他接着又提醒我在锅炉里装满蒸汽，有麻烦的时候好拉响汽笛。"让汽笛叫上一嗓子比用上你们所有的枪都好使。他们都是简单的人。"他又说道。他巴拉巴拉地说个不停，我都快记不住了。他似乎是不想冷场才说个不停，并且实际上也真的笑着暗示说，就是这样。"你不跟库尔兹先生说话吗？"我问道。"你不跟他说话，你得听他说话。"他十分兴奋地高声说。"但是现在……他摆了摆胳膊，眨眼间又变得十分沮丧。不一会儿，他又跳上船，抓住我的双手，不停地和我握手，同时喋喋不休地说，"水手兄弟……荣耀……快乐……自我介绍……俄国人……主牧师的儿子……坦波夫政府……什么？烟草？英国烟草；棒极了的英国烟草！啊，真是亲切呀。烟？哪有不抽烟的水手啊？"

抽了几口烟，他才渐渐平静了下来。我终于弄明白他是从学校里逃学出来的，坐着一艘俄国的船出海，又逃跑，在一些英国船上服务过一段时间；现在和主牧师和解了。这一点他特别强调说，"但是年轻的时候应该看看世界，积累一些经验和见解，长长见识。""在这里？"

我插嘴说。"很难说呢！在这里我遇到了库尔兹先生。"他说，带着一脸稚嫩的肃穆又有些责怪的神情。这之后我就没有再插嘴了。好像是他说服了海岸上的一家荷兰的贸易公司给他装配了一些食物和货物，接着他就轻松愉快地往内陆出发了。他的脑子里想的好像不比一个婴儿多一点。他自己在那条河上游荡了将近两年的时间，断绝了和一切人和事的来往。"我没有我看上去那么年轻。我二十五岁了。"他说，"一开始，老范舒坦让我见鬼去。"他饶有兴趣地回顾说。"但是我缠着他不放，一直说呀说，唠叨个不停，最后他才终于给我了一些便宜货和几支枪，并且告诉我他希望再也看不见我的脸。好心的荷兰好头儿，范舒坦。一年前，我给他寄回去一小堆象牙，这样到我回去以后他就不能叫我小偷了。我希望他收到了。剩下的事情我就不管了。我给你存了一些木头。那是我的老房子。你看见了吧？"

我把陶森的书给了他。他看起来想要亲吻我一样，但是还是克制住了。"我剩下的唯一一本书了。而且我还以为我把它也丢了呢。"他说，看上去十分的狂喜。"你知道，自己一个人四处行走身上会发生那么多的意外。独木舟有时候会翻——而且有时候那些人生气的时候，你得抓紧时间撤退。"他用大拇指摩挲着书页。"你用俄语记笔记吗？"我问道。他点点头。"我还以为这是什么密码呢。"我说。他笑了，然后又变得很严肃。"我很难把这些人赶走。"他说。"他们想杀了你吗？"我问。"啊，不是！"他喊道，接着停了下来。"他们为什么攻击我们呢？"我追问道。他犹豫了，然后又带着惭愧的表情说，"他们不想让他走。""他们不想吗？"我好奇地问。他充满神秘和智慧地点了点头。他喊道。"我告诉你。这个人让我开了眼界。"他张开双臂，用溜圆溜圆的蓝色小眼睛盯着我。

## 第三章

我看着他,惊呆了。他五颜六色地站在我面前,仿佛刚刚从小丑剧团里逃出来,充满了热情,让人难以置信。他自己的存在就是不可能的,难以解释而且完全让人迷惑。他是一个难以解答的难题。他是如何存在的,如何成功地走了那么远,如何成功地活了下来——为什么他没有立即消失——这都让人难以置信。他说,"我一点一点走远,走远——直到我走了这么远,都不知道怎么回去。没关系。有足够的时间,我可以做到。你赶紧带库尔兹走,赶紧,我跟你说。"年轻的光辉包裹着他五彩斑斓的破衣烂衫,他的贫困、孤单和毫无用处的漫游的绝对孤寂。数个月——数年——他的生命危在旦夕。他就那样英勇地活着,轻率地活着,仅仅凭年轻和无知的勇敢就看上去一副完全不可摧毁的样子。我竟然被引诱地生出了钦佩的感情——像是嫉妒。那种魅力催促着他向前,保护着他不受伤。他对这荒野除了活下去和走下去显然没有更多的要求。他的需要就是活下去,并且在可能的极大的风险和极度的贫困中继续向前。如果绝对纯正的、不计较而且不切实际的冒险精神曾经统治过一个人类的话，那就是这个打着补丁的年轻人了。我几乎嫉妒他会拥有这样虔诚而且清澈的火焰。他仿佛已经消磨掉了所有自我的想法，甚至当他在和你说话的时候，你都忘记了是他——是你眼前的这个人——经历了这些事情。不过他对库尔兹的热爱，我并不嫉妒。这件事情上他没有深思过。他自己产生了这种感情，他带着某种焦急的宿命论接受了这种感情。我必须说，在我看来，这种深刻的感情可能会是他遇到的最危险的事。

他们不可避免地相遇了，就像两艘船靠近彼此停了下来，并且最后互相擦边紧靠着。我猜库尔兹需要一名听众，因为在某些时候，当在森林中扎营的时候，他们会整个晚上说个不停，或者更多的是库尔兹在说话。"我们什么都说。"他说，回忆让他十分的激动。"我忘记了世界上还有睡眠这件事。一夜的时间好像只有一个小时那么长。一切！一切！都谈……还有爱。""啊，他还跟你谈爱！"我说，感到十分可笑。"不是你想的那样。"他喊道，十分激动。"就是泛泛地说。他让我看到了一些事情——很多事情。"

他张开双臂。那时候我们在甲板上，并且我的樵夫们的领头人也在附近走动，这时候他转过脸来，用一双深邃明亮的大眼看着他。我环顾四周。我不知道为什么，但是我可以跟你保证，这片土地、这条河流、这个丛林、这片靓丽的苍穹对我来说从来没有这么绝望和黑暗过，让人类的意识如此无法穿透，对人类的脆弱如此无情。我说，"那么显然从那之后，你就一直跟着他是吗？"

相反。似乎他们的交往多次被各种缘故打断。他骄傲地告诉我，他照顾库尔兹度过了两场疾病（他谈论这件事就像谈论什么危险的壮举一样），但是总体上库尔兹还是自己行走，远走到森林深处。"经常来这个货站，我不得不等上好多天，他才会来。"他说，"啊，这是值得等待的！——有时候。""他是去做什么呢？探索还是什么？"我问道。"啊，是的，当然是。"他发现了很多个村落，还有一个湖——他也不清楚具体在哪个方向；问太多是危险的——但是大多数时候他的远征是为了象牙。"但是那时候他没有货物可以交易。"我反对说。"现在还剩许多弹药筒呢。"他回答着，看向远处。"坦诚地说，他入侵了这块土地。"我说。他点点头，"当然不止他自己！"他接着咕哝了一些关于那个湖泊周围的村落的事情。"库尔兹让那个部落追随他，是不是？"我小心地问。他烦躁了一会儿。"他们崇拜他。"他说。他说这几个字的语调如此非同寻常，我于是探寻地看着他。他说到库尔兹时混杂着焦急和不情愿的样子看上去很奇怪。"你还能指望什么呢？"他突然说，"他带着雷和电走到他们中间，你知道的——而且他们从来没有见过类似的事物——而且非常可怕。他可以非常可怕。你不能像论断一个普通人一样论断库尔兹先生。不能，不能，不能！这样——这么跟你说吧——我不介意告诉你，一天他也想射杀了我——但是我不记恨他。""射杀你！"我大喊，"为什么？""额，我的房子附近的酋长给了我一小堆象牙。你知道，我过去常常为他们射杀猎物。可是，他想要，也不肯听我的理由。他声称要是我不把象牙给他，然后滚出这个国家，他就射杀我，因为他真的能那么做，也喜欢那么做，而且世界上没有什么能够阻止他杀掉他乐意杀的人。而且真的，我把象牙给他了。我不在乎！但是我没有走。不，不。我不能离开他。我不得不小心，当然，直到我们再度亲密起来。然后他第二次病倒了。之后，我不得不躲着点，但是我不介意。他大多数时候在那个湖边的村落里生活。当他下来到河上的时候，有时候他会来看我，而且有时候我还是得小心点。这个人受过很多苦。他仇恨所有这一切，而且他又摆脱不了。我一有机会就会祈求趁着还有时间，努力离开。我主动提出和他一起回去。他会答应，但是还是原地不动，接着又再次去寻找象牙，一连消失好几个星期，在这些人中忘记了自己——忘记了他自己——你知道的。""为什么？他疯了。"我说。他愤愤不平地表示抗议。库尔兹先生不会疯的。如果就在两天前，我听过他谈话，我就不敢暗示这样的事……在我们边说着的时候，我拿起了我的双筒望远镜，看着岸边，扫视着两岸和房子后面的森林边缘。我感觉到那些灌木丛里藏着人——如此的寂静，如此的安静——就像山上的破房子一样寂静和安静——这让我很不安。这个神奇的故事，与其说是他讲给我听的，倒不如说是我从他悲凉的叹息中获得启示，又因为他的耸肩、支离破碎的语言和深深的叹息完善了故事的情节。但是在自然的面孔上，我看不到一丝这个故事的痕迹。树林纹丝不动，就像一个面纱——沉重，又像监狱紧闭的大门——它们看上去，带着这样的气质，深藏着隐秘的知识、耐心的期望和难以靠近的寂静。这个俄国人正在跟我解释说，库尔兹先生是最近才来到河上的，带来了那个湖边部落所有能打架的人。他离开好几个月了——让那些人崇拜他，我想是这样——这次下来让人出乎意料，目的看起来是要在河两岸或河的下游做一次抢掠。显然，得到更多象牙的胃口压过了——怎么说呢？——更少物质欲的抱负心。不过他的病突然变得严重。"我听说他这次病倒，没有人照顾，于是我就上来了——看看能帮他做点什么。"这个俄国人说，"哎，他病得很厉害，很厉害。"我把望远镜转向房子。那里没有生命的迹象，但是有一个破碎的屋顶，青草之上有长长的泥墙，有三个小小的方形窗洞，其中没有哪两个的大小是一样的。所有这一切都触手可及。忽然我猛地动了一下，消失的篱笆中的一个遗留的柱子跳进了我望远镜的视野中。你们还记得，我告诉你们远处的某些尝试用来做装饰品的物件让我很注意过，在一片废墟一样的景象上它们很扎眼。这时候我忽然能看得更清楚了，但是我的第一个反应就是把脑袋向后仰，仿佛被人打了一拳一样。接着我用望远镜对着一根根柱子再次看了一遍，我才发现我错了。这些圆圆的球不是装饰性的而是象征性的。它们如此的生动，如此让人迷惑、惊人而且让人不安——是深思的素材，也是碰巧从天空中往下看的秃鹫的食物。也为了它们，蚂蚁们拼命地往上爬。它们可能还会更加生动，如果这些树桩上的脑袋不是面孔朝向屋内的话。只有一个，我第一次看到的那个，是面朝我的。我没有你们可能想象的那么惊恐。我向后仰去只不过是出于惊讶。我预期在那里看到的是一个圆木球，你们知道的。我小心地再次看向我第一次看到的那个——那是一颗黑色的、干瘪下陷的脑袋，眼睛闭着，似乎在木桩顶上睡觉，萎缩干瘪的嘴唇中间还露出一丝白色的牙齿，也在微笑，因为在那场永恒的睡眠中做的某个无尽的诙谐的梦而一直保持着微笑。

我不是在泄露什么商业秘密。事实上，经理后来告诉我，库尔兹的方法把那个地区给毁了。在这一点上，我没有什么想法，但是我想要你们清楚地明白在那里的这些脑袋完全是无利可图的。他们只是显示了库尔兹先生在他的各种欲望的诱惑之下缺乏自控能力。他缺乏一些事情——某一个小的品质，当迫切需要的时候，在他的雄辩中却找不到。他自己有没有意识到这个缺陷，我说不好。我想最后他有了这个认知——只有到了最后的最后。但是荒野早就认识了他，并且因为他疯狂的入侵在他的身上展开了可怕的复仇。我想荒野对他嘘声说话，告诉他有自己不曾知道的事，一些直到他和这个伟大的孤寂相识才意识的事——这个嘘声让他着急，让他失去了抵抗力。它在他心中不断地回响，因为他的内心是空空荡荡的……我放下望远镜，那颗离我近到可以说话的脑袋忽然就跳到了不可触及的地方。

库尔兹先生的崇拜者有点垂头丧气的。他开始用匆忙又含混不清的语气跟我保证说，他不敢把这些——怎么说，符号——拿下来。他不是害怕本地人；他们不敢动，除非库尔兹先生发话。他有无上的权力。这些人的帐篷围绕着这个地方，那些酋长们每天都去看他。他们要匍匐……"我不想知道靠近库尔兹先生要用什么仪式。"我大声说。很奇怪的是，因为这些细节让我产生的感受竟然比库尔兹先生窗户下面木桩上那些干燥的人头更让我难以忍受。毕竟那只是一个野蛮的景象。那时我似乎一跃被传送进了某个暗无天日的恐怖地带，在那里纯正的、毫不复杂的野蛮行径是一种积极的宽慰，是一种有权力——在阳光下——存在的东西。这个年轻人惊讶地看着我。我猜想他没有想到库尔兹先生不是我的偶像。他忘记了我没有听过那些花里胡哨的独白，关于什么来着？关于爱、公平、行为准则——或者其他的什么。说到匍匐着到库尔兹先生面前，他可能爬得不比野蛮人中最野蛮的人差。我不了解情形，他说：这些脑袋是叛乱者的脑袋。我大笑起来，把他吓得不轻。叛乱者！我接下来还会听到什么名词啊？有敌人、罪犯、雇工——这里还有叛乱者。这些反叛的脑袋在我看来在那些木桩上非常的臣服。"你不知道这样的人生是如何磨炼一个人的，像库尔兹。"库尔兹的最后一个门徒叫喊道。"额，你也是吗？"我说。"我！我！我是一个简单的人。我没有伟大的思想。我对任何人没有所图。你怎么能把我比作……？"他激动得语无伦次，突然崩溃了。"我不懂。"他咕哝着说，"我一直尽我所能希望他活下去，活下去就够了。所有这一切我都插手不了。这里连续几个月都没有一滴药，没有一口可以入口的食物。他被可耻地抛弃了。这样伟大的人，有那样伟大的思想。可耻！可耻！我——我已经十天——没有睡觉了……"

他的声音消失在了宁静的暮色中。在我们说话的时候，森林长长的阴影已经溜下了山，爬过了破败的小屋，经过了象征性的那一排木桩。一切都沉浸在阴霾中，而我们还站在下面的阳光中，河面以及河岸上的空地还笼罩在宁静耀眼的光辉中，沿河这里那里有一个个迷蒙的阴影。河岸上看不见一个活的灵魂。灌木丛也没有抖动一下。

忽然在房子一角出现了一群人，好像是从地底下冒出来似的。他们在等腰深的草丛中艰难地行走，队伍整齐，中间抬着一个自制的担架。突然，在空旷的地平线上，响起了一声大喊，尖声就像径直飞向陆地心脏的利箭一样刺破了宁静的空气。仿佛着了魔一样，人流——赤裸的人——手里拿着矛、弓、盾牌，带着野性的目光，伴着野蛮的动作，涌入了黑脸沉思的森林前面的空地上。灌木丛抖动了一下，青草摇曳了半晌，接着一切又安然地不动了。

"现在，要是他不对他们好好说的话，我们就全部都玩完了。"我身边的俄国人说。那些抬着担架的人也在距离汽艇一半路程的地方停了下来，仿佛石化了一般。我看见担架上的那个人坐了起来，身形细瘦，一只胳膊高高抬起，高过抬担架的人的肩膀。"让我们希望这次这个善于谈爱的人能够找到某个理由拯救我们吧。"我说。我苦涩地憎恨我们所处的荒诞的危险情形,仿佛得到那个邪恶的幽灵的怜悯是一种羞耻的必要。我听不到一丝声音,但是通过我的望远镜,我看到那只细长的胳膊发号施令一样地伸展着,下巴活动着,骷髅一样的脑袋古怪地点动着,幽灵一样的眼睛闪烁着黑色的光芒。库尔兹——库尔兹——在德语里的意思是短,不是吗?额,这个名字和他人生中其他一切一样正确——包括死亡。他看起来至少七英尺高。他身上盖的东西已经掉了,他的身体露出来,看上去可怜又可怕,就像从裹尸布下面走出来一样。我可以看见他的一根根肋骨上下起伏,骨头一样的胳膊在摇摆。这场面就像用老象牙雕刻出的活灵活现的死神形象在可怖地向用亮闪闪的黑色古铜铸成的一动不动的人群摆手。我看见他张着大嘴——这让他看上去可怕又恐怖,仿佛他想吞掉所有的空气、整个地球以及他面前的所有人。我恍惚中听见一个深沉的声音。他一定是在大喊。他忽然倒了下去。抬担架的人再次蹒跚着走了起来,担架摇曳,几乎在同一时间我注意到那群野蛮人消失了,几乎没有可察觉的撤退动作,仿佛把这些生灵喷出来的森林又这样突然地把它们收了回去,就像深深地吸了一口气一样。

担架后面的一些朝圣者们拿着他的武器——两杆长枪、一把沉甸甸的来复枪和一把轻巧的左轮-卡宾枪——这些就是可怜的朱庇特的雷电。经理跟在他身边一起走,边弯腰小声说着什么。他们在一个小屋中把他放下,这些小屋只够放一张床和一两把折椅。我们给他带来了迟到的信件,许多撕开的信封和打开的信件散落在他的床上。他的手在这些纸张中摸索着。他眼睛中的火焰和表情中镇定自若的倦怠让我吃惊。这并不算疾病带来的疲倦。他看上去并不痛苦。这个影子看上去满足而且平静，仿佛在这一刻所有的情感都得到了满足。

他摩挲着其中一封信，接着径直地看向我的脸，说，"我很高兴。"有人在信里跟他说到我了。这些专门的举荐又出现了。他毫不费力地用那么大的声音说话，甚至几乎没有动一动嘴唇，这让我惊讶。一个声音！一个声音！这个声音严肃、深沉、不断回响，这个人似乎是不会小声说话的。然而，他有足够的力气——无疑是假的——这几乎让我们丧了命。你们接着就会听到。

经理悄无声息地出现在了门口。我立即走了出去，他在我后面拉上了门帘。那个俄国人正盯着岸边出神，周围的朝圣者们好奇地上下打量着他。我追随着他的目光看了过去。

远处依稀可以看到一些人影，掠过森林阴霾的边缘，在河流附近有两个古铜色的身影，倚靠在高高的矛枪上，站在阳光下，头上戴着斑斓的兽皮做成的奇异的头饰，像雕像一样勇武而安然地立着。沿着点起火把的河岸上，从右向左，一个女人野性而优雅的身影晃动着。

她迈着整齐的步子，穿着有条纹和流苏的衣服，高傲地踩踏着土地，身上野蛮人的饰物还发出轻微的叮当声以及一阵阵光芒。她高高地抬着头，她的头发做成了头盔的形状。她的腿上一直到膝盖穿着铜质的裹腿，手上戴着铜线做的长手套一直到胳膊肘。她茶色的脸颊上有一块猩红色的斑点，脖子上戴着玻璃珠子做成的数不清的项链。各种奇怪的东西、护身符、巫师的礼物悬挂在她的身上，每走一步都闪闪发光，叮当作响。她身上的物件一定有好几根象牙的价值了。她野蛮又出色，目光中充满野性，很了不起。她从容地走着，看上去有些不吉利，又有些庄严。在这片悲苦的土地上忽然发生的一阵骚乱中，整个巨大的荒野，多产而且神秘的生命似乎正在看着她，充满深思，仿佛正在看着自己黑暗而又热情的灵魂的形象。

她走到汽艇一边，站立住，脸转向我们。她长长的影子落在了水边。她的脸上是野蛮的悲伤和麻木的痛苦的既悲剧又凶恶的面容，情绪中还混杂着某种正在挣扎、尚未决定的想法带来的恐惧。她一动不动地站在那里，看着我们，就像荒野本身一样，仿佛在沉思一个神秘的主意。整整一分钟过去了，她才向前走了一步。她的身上发出了低低的叮当声，黄色的金属闪了一下，流苏的衣服晃了起来，接着她停了下来，仿佛失去了勇气一样。我旁边的年轻人咆哮起来。朝圣者们在我的背后小声说话。她看着我们好像她的生命依赖于她这种凝视的执着。突然，她伸出裸露的双臂，将双臂僵直地举过头顶，仿佛有控制不住要触摸天空的欲望一样，同时敏捷的影子从地面上蹿了出来，扫过了河滨，将汽艇拉进了自己的怀抱中。可怕的沉默将所有这一切笼罩了起来。

她慢慢地转身，走了起来，沿着河岸，经过灌木丛向左。在灌木丛中的暮色里，她仅仅回头看了我们一次，接着就消失了。

"如果她提出来要上船，我真的认为我想要杀了她。"满身补丁的人紧张地说。"在过去的两个星期里，我每天冒着生命危险，不让她进屋。有一天她走了进来，为了我从储藏室里找来补衣服的一堆破布跟我吵架。我当时穿的衣服很不体面。至少一定是因为这样，她像疯了一样去跟库尔兹说了一个小时，不时地指向我。我不懂这个部落的方言。所幸我猜是因为库尔兹病得太厉害，那天根本没有力气管这件事，不然我就有麻烦了。我不明白……不——这对我来说太过分了。不过，好在现在一切都过去了。"

这时候我听见门帘后面库尔兹深沉的声音。"救救我！——救救象牙，你的意思是。不要告诉我。救救——我！为什么，我不得不救你。你打乱了我的计划了。生病！生病！并不像你愿意相信的那么严重。没有关系。我还可以实践我的想法——我会回来的。我会向你证明我可以做什么。你和你无关紧要的小主意——你们打乱我了。我会回来的。我……"

经理走了出来。他竟然上来挽起我的胳膊，带着我走到一边。"他现在很不好，很不好。"他说。他认为有必要叹一口气，但是没有一直表现得很悲伤。"我们已经为他做了一切能做的，不是吗？但是事实掩盖不了。库尔兹先生对公司的过大于功。他没有看到这样大力的举措的时机还没有成熟。谨慎，谨慎——这是我的原则。我们还必须要谨慎。这个地区对我们一度是封闭的。可以探寻！总体上，贸易要受损失。我不否认有大量的象牙——大部分是化石。我们必须要拯救它，不惜一切代价——但是看看这个位置多么的危险——而且为什么？因为这个方法不可行。""你认为，"我看着河岸说，"这是不可行的方案？""当然了。"他热烈地大声说，"你不认为吗？""根本就不是方案。"一小会儿之后我小声说。"完全正确。"他狂热地说，"我也这样想过。完全没有判断力。我有责任在恰当的时候指出来。""啊。"我说，"那个家伙——他的名字叫什么呢——那个制砖师，他会为你写一篇好报告。"他看起来迷惑了一阵子。我似乎从来没有呼吸过那么恶劣的空气，我在内心里转向了库尔兹寻求解脱——很想寻到解脱。"尽管如此，我认为库尔兹先生是一个了不起的人。"我强调地说。他吃了一惊，用冰冷深沉的目光看了我一眼，接着非常平静地说,"他过去是。"然后他就转过身去,背对着我。我受宠的时候早就过去了。我发现自己和库尔兹一样了,成了他时机尚未成熟的方案的信徒。我不可行了!啊!不过哪怕是做噩梦,至少还有的选。

我实际上是转向荒野,而不是库尔兹先生去寻求解脱。库尔兹先生,我必须承认,已经跟被埋了差不多了。一时之间,似乎对我来说,我也被埋葬在了装满了说不出的秘密的巨大坟墓里了。我感到难以容忍的重量压在我的胸脯上,潮湿的土地的气味,胜利的腐败看不见的存在,难以穿透的漆黑的夜空……俄国人拍了拍我的肩膀。我听见他咕哝着小声说,"水手兄弟——藏不住了——影响库尔兹先生名誉的事情。"我等待着。对于他来说,库尔兹先生显然不在坟墓里。我怀疑对于他来说库尔兹先生会是一个永生的神。"嗯!"我终于说,"说吧。我碰巧是库尔兹先生的朋友——无论如何。"

他非常一板一眼地说,要不是我们"是同行",考虑后果的话,他就会保守秘密。"他怀疑这些白人对他怀着不好的意愿,想要——""你是对的。"我说,想起了我偶然听到的那一段对话。"经理认为应该绞死你。"他对于这个信息的关注一开始让我觉得滑稽。"我最好悄悄地溜走。"他很认真地说。"我现在不能再为库尔兹做什么了,而且他们很快就会找到理由。有什么可以挡住他们呢?离这里三百英里的地方有一个军事据点。""嗯,在我看来,"我说,"如果你在附近的野蛮人中有一些朋友的话,或许你最好还是走吧。""有很多。"他说,"他们是简单的人——而且我没有什么所求,你知道的。"他站在那里,咬着嘴唇,然后说,"我不希望这里的这些白人身上发生什么不好的事,但是当然我考虑到库尔兹先生的名誉——但是你是一个水手兄弟而且——""没关系。"过了一会儿,我说,"库尔兹先生的名誉,在我这里你就放心好了。"我不知道我说的时候有多么真诚。

他降低了声音,告诉我,是库尔兹下令攻击汽艇的。"他有时候会讨厌被带走的想法——而且又一次……不过我不明白这些事。我是一个简单的人。他认为这样能把你们吓走——你们会放弃,以为他死了。我拦不住他。啊,过去的一个月,我过得太辛苦了。""没事了。"我说,"他现在没事了。""是——是啊。"他嘟囔说,显然并不是很相信。"谢谢你。"我说,"我会瞪大眼睛的。""但是要保守秘密啊?"他焦急地催促说,"要是这里的别人知道了,对他的名誉很不好——"我很严肃地跟他保证绝对不外泄。"我有一艘独木舟,还有三个黑伙计,他们在不远的地方等着我。我要走了。你能不能给我一些马提尼-亨利弹药筒?"我能,而且真的悄悄地给了他。他跟我眨了眨眼,然后拿了一大把我的香烟。"水手之间——你知道——这是很好的英国香烟。"在驾驶室的门口,他转过身来,"我说,你有没有一双多余的鞋子?"他抬起一条腿。"看。"鞋底是用打了结的绳子捆在光脚板上的,像穿草鞋一样。我翻出了一双旧鞋,他羡慕地看了看,接着夹在了左胳膊下面。他的一个口袋(是鲜亮的红色)里面塞满了弹药,而另一个口袋(深蓝色)则露出了陶森的书等等东西。"啊!我再也,再也看不见这样的人了。你们应该听听他背诵诗歌——还有他自己写的诗歌,他告诉我的。诗歌!"他转动着眼球,回忆着那些美好的回忆。"啊,他开了我的眼界!""再见了。"我说。他摆了摆手,接着消失在了夜色中。有时候我会问自己,我是否真的见过他——见到这样一个人儿是可能的吗?……

在午夜之后不久，我就醒了过来，我想起了他的警告，他暗示的危险在星光点点的黑夜中似乎真的存在，我不得不起来，想要四处看一看。在山上烧起了一场大火，断断续续地照亮了货站房子的一个歪歪斜斜的角落。因为这样，其中一个代理人带着一些我们的黑人组成了一个武装队，正在象牙周围站岗。但是在森林深处，摇曳的红色火焰似乎从困惑的深黑色圆柱形状之间的地面上陷落又升起来，库尔兹的崇拜者们显然就在那里扎下了帐篷，正在不安地守护着。大鼓单调的敲击声在空气中充满了压抑的冲击和徘徊不去的震颤。许多人哼唱着某种古怪的咒语，这样的持续不断的嗡嗡声从树林低矮的黑色墙上传出来，就像蜂巢里传出来的蜜蜂的嗡嗡叫，对我的还没有完全清醒过来的意识有一种奇怪的催眠效果。我觉得我倚在栏杆上迷糊了一会儿，直到突然爆发出来的一阵叫喊才把我惊醒。这阵压抑已久而且神秘莫测的狂暴排山倒海般地爆发了出来，让我十分困惑而惊奇。这样的爆发忽然就停了下来，而原来的嗡嗡声变成了可以听清的、令人宽慰的沉默。我不经意地看向了小屋。那里点着一盏灯，但是库尔兹不在那里。

我觉得如果我相信我的眼睛没有看错的话，我会大声喊叫起来。但是一开始，我并不相信自己的眼睛——这样的事看起来根本不可能。事实是，我被绝对茫然的恐惧吓得没了勇气，这种纯粹的恐惧，跟任何清晰可见的实体的危险都不相关。让这种情绪变得如此无法抵抗的是——我该怎么定义呢——我受到的精神冲击，好像如此的庞然大物，对思想来说如此难以容忍，对灵魂来说如此可憎，出乎意料地将我推倒。这当然仅仅持续了很短的时间，接着正常不过的意识恢复了，这可怕的危险，突然爆发的猛攻和屠杀的可能性或者类似的事情，虽然在我看来是迫在眉睫，但是却让我有些期待并且因此镇静了起来。事实上，它如此让我平静，以至于我都没有发出警告。

在离我三英尺的地方有一个裹着阿尔斯特大衣的代理人正睡在甲板上的一张椅子上。那些叫喊声并没有把他吵醒。他轻微地打着鼾声。我留他在那里睡觉，自己跳上了岸。我没有背叛库尔兹先生——不背叛他是命令——黑纸白字上写着我必须要对我自己选择的噩梦保持忠诚。我焦急地想自己去解决这个影子——但是直到今天我也弄不清楚我为什么如此嫉妒去跟任何人分享这段独特的黑暗的经历。

刚刚上岸，我就看见了一些痕迹——在草地上有一道宽阔的痕迹。我记得我自己对自己狂喜地说。"他不能走路——他是在爬着走的——我知道了。"青草上沾着露水。我攥紧拳头，快速地大步走。我料想我会追上他，然后给他一拳。我不知道。我有些愚蠢的想法。那时候我想起来那个在织毛线，腿上卧着一只猫的老妇人。她不知为何，竟然在看着我。我看见一排朝圣者们从抵在他们胯部的温彻斯特中射出子弹来。我想我再也回不到汽船上了，想象着自己独自在森林中生活，手无寸铁直到死去。你知道——想了这些愚蠢的事。而且我记得我把这些鼓点错当成了我自己的心跳，并且因为它有规则的平静感到愉悦。

我沿着痕迹寻找，然后停下来聆听。夜空十分清澈：深蓝色的夜空，露珠和星空在闪烁，黑色的东西凝静地伫立着。我想我看到有什么东西从我头上过去了。奇怪的是，那天夜里的一切我都如此地确信。我真的离开了那个痕迹并且绕一个大半圈跑了起来（我真实地记得我自己还轻声地笑了），走到了我看到有东西活动的地方——如果那里真有什么的话。我偷袭了库尔兹,就像在玩一个孩子气的游戏。

我追上了他,而且如果他没有听见我靠近的话,我还会被他绊倒,但是他及时地站了起来。他站了起来,颤颤悠悠,身形细长,肤色苍白,模糊,就像大地吹出来的一口蒸汽,他在我面前轻轻地摇晃着,沉默着,就像迷雾一样。而在我背后,火光在树林之间隐约地闪烁着,许多低低的声音从森林中发出来。我机智地把他截住了。但是真正面对他的时候,我似乎才恢复了自我,我看到了危险的真正程度。那时候这一切还远远没有结束。如果他开始叫喊怎么办?尽管他都几乎站不起来了,他的声音里还有很大的活力。"走开,你自己藏起来。"他用深沉的声音说。真的非常可怕。我回过头去看。我们离最近的火堆有三十码远。那里站着黑色的身影,迈着黑色的长腿大步走,在火堆上晃着黑色的长长的手臂。它长着角——羚羊的角,我想——在头上。是某种巫师,某种男巫,显然无疑。看起来像魔鬼一样。"你知道你在做什么吗?"我小声地说。"当然。"他回答说,他仅仅说了一个词,但是声音却很洪亮,就像从远处传来的一样,但是声音仍然很大,就像从喇叭里传出来的欢呼声。"要是他大喊起来,我们就完蛋了。"我自己想。这显然不是斗殴的时候,尽管我发自本心的反感去揍那个影子——那个四处漂泊,受尽折磨的东西。"你会完了。"我说,"全完了。"你们知道,人有时候会灵光闪过。我说的是正确的,尽管事实上,他没有比那时候更加无可救药地完蛋的时候了,这时候却奠定了我们的亲密关系——坚持到最后一刻的关系的基础。

"我有宏大的计划。"他犹豫不决地小声说。"是的。"我说,"但是如果你敢喊出来,我就砸扁你的头,用——"附近没有一根树枝,也没有一块石头。"我直接把你掐死。"我修正说。"我马上就要做一些伟大的事情了。"他祈求说,拉长了声音,腔调中的渴望让我的血变得冰凉。"可是现在这个愚蠢的流氓——""你的成功在欧洲无论如何都是确定无疑的。"我坚定地说。我并不真的想掐死他,你们知道。而且那样做实际上并没有什么用。我试着打破诅咒——荒野沉重的哑然的诅咒——正是这个,通过唤醒他遗忘的野蛮本性,满足他野蛮的抱负,将他带进了它可怜的胸膛中。我相信就是这个把他带到了森林的边缘,带进了丛林中,带到了闪烁的篝火旁,带到了作响的鼓边,带到了嗡嗡的古怪咒语面前。就是这个让他不受管教的灵魂超越了期许的理想边缘。而且你们看见了吗,处境的危险不是敲碎脑袋那么简单,尽管我自己已经非常鲜活地意识到了这种危险。处境的危险实际上是,我要解决的是这样一个存在,为了他我无法祈求任何或高或低的神灵帮助。我甚至需要像黑人们一样,恳求他——恳求他高傲的、难以置信的堕落。他之上或之下都没有别的了,我知道是这样。他已经脱离了地球引力。了不起的人类!他都把地球踢得支离破碎了。他孤独一人,而我站在他面前,不知道是站在地上还是飘在空中。我在向你们陈述当时我们说的话——重复我们发出的字句——但是这有什么用呢?这些字句只是再平常不过的话——在每一个醒着的日子互相交换的平常的、意思含糊的话。但是是什么意思呢?在我看来这些字句背后暗示着在梦中,在噩梦中说的那些话语中可怕的内涵。灵魂!如果有人曾经和灵魂争斗过,那个人就是我。我也不是在和一个疯子辩论。不管你们相不相信我,他的智力完全清楚——而且贯注于——是的,可怕地只贯注他自己,不过仍然是清楚的。当然,除了当时当地就把他杀死,这不好，因为这不可避免地要产生噪音，我显然没有别的机会了。但是他的灵魂疯了。独自在荒野中，他的灵魂审视过自己，而且天呢！我必须告诉你们，它发疯了。我想我是活该要经受看一看它的磨难。没有什么豪言壮语能比他最后的真情吐露更能摧毁一个人对人类的信念。他自己也在挣扎。我看见了——也听见了。我看见了一个不知道节制，没有信仰，没有恐惧，然而仍然在盲目地与自己斗争的灵魂难以置信的神秘。我很好地保持了清醒的头脑，但是当我最终把他放在沙发上的时候，我擦了擦前额，而我的双腿哆嗦得就像我扛着半吨重的东西下山一样。然而我只是支撑着他下山，他把瘦骨嶙峋的胳膊绕在我的脖子上——他并不比一个孩子沉一些。

第二天中午我们离开的时候，那群在树林形成的帘子后面的存在，我一直能准确地感知到的人再一次冲出了树林，让空地上、斜坡上站满了赤裸的、发抖的、正在呼吸的古铜色身体。我先向上游航向了一小段，接着掉头向下游，两千只眼睛追随着这个残暴的水上魔鬼，它用可怕的尾巴拍打着水面，向空中呼出黑色的浓烟，溅起水花，发出巨响，转过身去。在沿着河岸的第一排前面有三个人，他们身上从头到脚裹满了猩红色的泥巴，在来回不安地踱步。当我们再次来到他们前面时，他们面朝着河，跺着脚，点动着长角的脑袋，摇晃着猩红色的身体。他们向凶恶的水上魔鬼摇晃着一捆黑色的羽毛，还有一个悬着长长的尾巴的肮脏的兽皮——看起来就像一个晒干的葫芦；他们有规律地叫喊出一串串奇异的字符，这声音根本不像人类的语言；这一群人发出的深沉的低语突然停了下来，就像向某个魔鬼的祈祷得到了回应。

我们把库尔兹搬到了驾驶室。那里的空气更足一些。他躺在沙发上，盯着打开的百叶窗。在那群人中间有一个漩涡，那个女人竖着头盔一样的发饰，有着黄褐色的脸颊，她冲到了河岸的最边缘。她伸出双手，叫喊着什么，接着所有这些野蛮人跟着咆哮了起来，声音巨大，毫不间断，几乎没有呼吸的间隔。

"你能听懂这个吗？"我问。

他越过我看着外面，眼神炙热而且充满渴望，表情中混杂着渴望和仇恨。他没有回答，但是我在他苍白的嘴唇上看到了一丝难以定义的笑容，接着这双嘴唇又痉挛似的抽搐起来。"我会听不懂吗？"他慢慢地说，喘息着，好像那些字是被一个超自然的力量从他身体里拽出来的一样。

我拉了一下汽笛的线绳，我这样做是因为我看到甲板上的朝圣者们拿出了他们的来复枪，看起来像是要打一只快活的云雀一样。突然响起来的汽笛让这群拥挤在一起的身体在绝望的恐慌中乱动起来。"不要！你不要把他们吓走。"甲板上的某个人不高兴地大叫起来。我一次又一次地拉响了汽笛。他们乱了，四处跑开，有的跳跃，有的爬，有的转身，躲避着无处不在的可怕声音。那三个红色的少年直直地倒在了岸边，面朝下，好像被射杀了一样。只有那个野蛮而且了不起的女人没有这样畏惧，她伸出裸露的胳膊，隔着宁静闪光的河面，向我们悲伤地伸展。

这时候甲板上那些愚蠢的人开始找乐子了，那之后我就只能看见烟雾了。

棕色的河流迅速地流出了黑暗的心，以我们来时的两倍速度载着我们向海洋流去。库尔兹的生命也在快速地流逝，从他的心脏退呀，退呀，退向无尽的时间的海洋。经理十分平静，他没有什么可以焦虑的了，他一眼就能看到我们两个，事情和所希望的解决得一样好。我也看到我很快就会成为"时机不成熟的方案"的唯一支持者了。朝圣者们不满意地看着我。这么说吧，我被归为死人的一类了。奇怪的是我竟然就接受了这样没有预知的伙伴关系。在这片被这些下作而且贪婪的幽灵入侵的黑暗的土地上，我被强加之了这样噩梦般的选择。

库尔兹说话了。一个声音！一个声音！一直到最后它都非常深沉。库尔兹有一种力量，能用雄辩的言辞遮掩住空洞的黑暗的心。但是他的声音要比他的力量存留得久一些。啊，他在挣扎！他在挣扎！他剩余的疲惫的大脑正在被朦胧的形象折磨着——财富和名声的形象顺从地绕着他高贵且高傲的表达能力这一不灭的才能旋转。我的未婚妻，我的货站，我的事业，我的思想——这些是他时常发表的关于他崇高的情感的话题。原来的库尔兹的影子常来到空洞的假库尔兹的床边，命中注定这个假的库尔兹马上就要被埋在这片原始的土地上了。但是它所渗透的那恶魔般的爱和对神秘的可怕仇恨在争夺着占有那个因为原始的情感而满足、贪求虚伪的名声、假的优秀及表象的成功和权利的灵魂。

有时候他幼稚得让人可笑。他渴望，当他从打算做一些大事的可怕的无人之境回归的时候，国王们能在铁路站上迎接他。"你给他们展示了你有有利可图的本领，那么对你的能力的认可就是没有限制的。"他会说，"当然，你还要注意动机——正确的动机——永远要。"长长的河道，看起来一模一样，单调的河湾也很相似，它们从汽艇边划过，两岸的无数不朽的参天大树耐心地目送这个来自另一个世界的肮脏碎片离开。它是改革，是征服，是贸易，是屠杀，是祝福的先驱。我驾驶着汽船,眼看着前方。"关上窗户。"库尔兹有一天突然说,"我受不了看这个了。"我照做了。一阵沉默。"啊,但我还是要来拧你的心!"他对着看不见的荒野叫喊道。

我们抛锚了——跟我预期的一样——不得不在一个小岛的尽头停下来修理。这次耽搁是动摇了库尔兹信心的第一件事。一天早上,他给了我一个装着信件和照片的包裹——用鞋带捆在一起。"帮我保管着这个。"他说,"那个下作的傻子(是指经理)在我不注意的时候总是偷看我的箱子。"那个下午,我看到他。他闭着眼睛躺着,我安静地走了出去,但是我听到他小声说,"活着要正直,死了,死了……"我听见。他没有再说话。他是在睡梦中练习演讲呢,还是在重复某篇报纸文章上的只言片语呢?他一直在为报纸写作并且打算一直那样做下去,"为了增进我的思想。这是责任。"

他的思想是不可穿透的黑暗。我看着他,就像你在探望躺在不见天日的深渊底部的人一样。但是我没有多少时间给他,因为我正在帮助机修师修理泄漏的气缸,拉直一个弯曲的连接杆什么的和杂七杂八的事。我就生活在我憎恶的铁锈、锯末、螺母、螺丝、扳手、锤子、棘齿、钻子的地狱中;我在可恶的废料堆里疲惫地劳作——除非我累到站不住。

一天下午,我拿着一根蜡烛走进去的时候,惊讶地听到他有些颤抖地说,"我在这黑暗中躺着等待着死亡。"光就在离他不足一英尺的地方。我逼着自己小声地说,"啊,胡说八道。"然后仿佛被定住一样站在他面前。

我从前从来没有在他的脸上看到接近那样的变化,而且希望再也不要看到。啊,我不是被触动了。我着迷了。仿佛面纱被揭开了一样。我看见在那张象牙一样的脸上，充满着严肃的骄傲、无情的力量、怯懦的恐惧——强烈的无望的绝望的表情。在这恍然大悟的时刻，他是否在回顾欲望、诱惑和屈服的每一个细节？他小声对着某个形象、某个画面喊道——喊了两次，声音并不比呼吸的声音大多少——

"可怕呀！可怕！"

我吹灭了蜡烛，然后离开了驾驶室。朝圣者们在餐厅里吃饭，我在经理对面的位置坐了下来，他询问地看着我。我假装没有看见。他向后倚靠住，神情安宁，带着那种为没有表达出来的深意封印的独特微笑。像一阵小雨一样的小苍蝇绕着灯、衣服、我们的手和脸飞舞。突然，经理的侍童把他的傲慢的黑脑袋伸进了门口，以一种尖利的轻蔑的语调说——

"库尔兹先生——他死了。"

所有的朝圣者们都冲出去看。我留了下来，继续吃我的晚餐。我相信他们一定认为我很野蛮很无情。不过，我并没有怎么吃。当时还有一盏灯——有光亮，你们知道吗——而外面是一片漆黑，恐怖的黑暗。我再也没有更加靠近那个对他的灵魂在世界上的冒险做了判断的了不起的人。那个声音消失了。还有什么能留下呢？不过我当然了解第二天朝圣者们把什么东西埋在了一个泥坑里。

接着他们也几乎把我埋了。

不过，你们可以看到，我没有被和库尔兹埋在一起。我没有。我留下来继续把那个噩梦做了下去，并且再一次向库尔兹表示了我的忠诚。命运。我的命运！生命是一件滑稽的事情——为了毫无意义的目的，对无情的逻辑做着神秘的安排。从生命中你最多能得的就是了解自己一点——不过这总是太晚——留下一堆堆无法辨别的遗憾。我与死亡做过斗争。那是你们能想象的最无聊的竞赛。它在无形的灰色中展开，脚下空无一物，四周荒芜，没有观众，没有喧闹，没有荣耀，没有对胜利的巨大欲望，没有对失败的巨大恐惧，气氛是病态的不冷不热的怀疑主义，对自己的权利没有多大信心，对自己的对手更没有什么信念。如果这就是终极智慧的形式，那么生命是比我们中的一些人所以为的更加伟大的谜语。我差一点就再也没有说话的机会了，而且我羞愧地发现，我或许并没有什么好说的。这就是我确定地说库尔兹是一个了不起的人的原因。他总是有话说。他也说出来了。因为我偷偷窥探过他，我更好地理解了他眼神中的意思，他的眼睛看不见蜡烛的火焰，但是却大到可以拥抱整个宇宙，尖锐到足以刺透在黑暗中跳动的所有心脏。他作了总结——做了判断。"可怕！"他是一个了不起的人。毕竟，这是带有某种信念的表情，表情中有坦白，有信念，他的嘘声中有震颤的音符，那是一张瞥见了真理的可怖的脸——奇怪地混合着欲望和仇恨。我记忆最深刻的不是我自己的绝望处境——充斥着外在的痛苦的无形的灰色视野，以及对一切都在慢慢消失的无所谓的轻蔑——甚至是痛苦本身。不是！是他的绝望，我自己仿佛亲历了一遍。真的，他迈了最后一大步，他跨过了那个边缘，而我被允许撤回了我犹豫不决的脚步。也许这就是全部差别的所在；也许所有的智慧以及所有的真理，和所有的忠诚都压缩进了那个我们跨过看不见的门槛的那个微不足道的时刻。或许吧！我想我最后留下的话不会是无所谓的轻蔑。他的叫喊更好——好太多了。那是一种肯定，是以不计其数的失败、难以忍受的恐惧、令人厌恶的满足为代价的精神胜利！但那仍是一种胜利！那就是为什么直到最后我也对库尔兹保持着忠诚，而且甚至更久。在时隔很久之后我听到了他滔滔不绝的雄辩而不是他的声音从像水晶的崖壁一样透明纯净的灵魂中回响着涌尽了我的耳中。

没有，他们没有把我埋了，尽管我一度恍惚地感觉，我带着颤抖的惊恐，就像在某个难以置信的世界里的过客一样，没有希望，没有欲望。我发现自己又回到了那个坟墓一样的城市，憎恶地看着人们匆匆地在街上穿行，从彼此的腰包里窃取一点点钱，吞掉恶心的食物，喝下不健康的啤酒，做了毫无意义的、愚蠢的梦。他们侵入了我的思想。他们是入侵者，他们对生命的认识对我来说是一种令人恼火的伪装，因为我确信他们不会知道我了解的事情。他们的举止不过是在自信绝对安全的环境中做着自己的买卖的普通人的举止。这让我恼怒，他们就像傻瓜在面对他们不能理解的危险时仍然让人恼怒地炫耀着。我没有什么欲望去教导他们，但是我看见他们的脸就忍不住要笑，他们的脸上满是自命不凡的愚蠢。我可以说那时候我并不是很好。我在街上走来走去——有很多事情要去处理——对那些看起来十分令人尊敬的人也要忍住不咧嘴笑出来。我承认我的行为是不应该的，但是在那些日子里，我的体温没有正常过。我亲爱的姨母试图让我养好体力，但是看起来完全没有抓住根本。需要养好的不是我的体力，需要安抚的是我的想象力。我一直留着库尔兹给我的一捆文件，不知道该怎么处理它。我听说他的母亲最近才去世了，她最后的日子是他的未婚妻照料的。一天，一个胡子剃得很干净的人，一副官员的样子，带着金边的眼睛，来看我，问了一些问题。一开始绕来绕去，后来讨好地问我是不是有一些被他命名为"文件"的东西。我不惊讶，因为还没有回来的时候，经理就问过我两次了。那个包裹里连一个碎片我都没有给他,这个戴眼镜的人也是一样。最后他开始黑着脸威胁我,言辞凌厉地争辩说公司有权享有关于它的"领土"的每一点信息。而且他说,"库尔兹对那些未探索的地区的了解一定很多而且很独特——因为他有伟大的能力并且被安排到了那片未被探索的地区。因此"——我跟他说库尔兹的信息,无论再广,都不涉及商业或管理的问题。他又援引了科学之名。"那将是一个难以计算的损失,如果"等等等等。我把那篇关于"肃清野蛮习俗"的报告拿给他看,撕掉了附录。他焦急地拿起来读,但是最后却以带着轻蔑的嗤之以鼻结束。"这不是我们期望的东西。"他说。"根本没有什么好期望的。"我说,"只有一些私人信件。"他威胁我说要走法律程序,然后走了,自那之后我再也没有见过他。但是两天之后,另一个家伙来找我,自称是库尔兹的表弟,很急切地想听一听他亲爱的表亲最后的时刻的所有细节。他偶然地向我提到库尔兹本来是一个音乐家。"他本来可以有很大的成功的。"那个人说,他自己是一个风琴演奏者,我认为是如此,他柔顺的灰色长发披在油腻的衣领上。我没有理由怀疑他的说法。到现在我也说不好库尔兹的职业——他是否曾经有过职业——他最大的才能又是什么。我以为他是一个为报纸写作的画家,或者是会画画的记者——不过甚至连这个表弟(跟我谈话时他吸过鼻烟)也不能准确地跟我说他曾经的——职业。他是一个全才——在这一点上,我很同意这个老家伙。他说着说着用一大块棉手绢把鼻子揩得很响,然后带着老年人的激动心情告辞了,拿走了一些家书和一些无关紧要的日志。最后,一个记者出现了,他焦急地想了解一下他"亲爱的同事"的命运。这个来访者告诉我库尔兹的本行应该是"站在人民这一边"的政治家。他的眉毛又多又直，坚硬的头发理得很短，眼镜系在一条宽阔的丝带上，谈得兴起的时候，说了实话，他说库尔兹根本不会写作——"但是天呢！他可会说话了！他能够带动大会场。他有信念——你看到了吗？——他有信念。他可以让自己相信任何事——任何事。他可以成为某个极端党派的优秀的领袖。""什么党派？"我问。"任何党派。"他回答说。"他是一个——一个——极端主义者。"我不也是这样认为的吗？我表示了同意。他突然很好奇地问，我是否知道，"是什么诱惑着他到那外面去的？""是啊。"我说，接着递给了他那个著名的报告，看他是不是能发表。他匆匆地看了一遍，一直在出声地默念，然后做了判断说，"应该可以的。"然后他就带着战利品走了。

最后我只剩下了薄薄的一小包信件和那个女孩的肖像画。我觉得她很漂亮——我是说她有着美丽的表情。我知道阳光有时候会让人出错，然而阳光和姿态无论怎样都无法让人感觉到她所让人感到的那种柔和的真诚。她似乎在等待着听你说话，她的内心没有什么保留，没有怀疑，没有考虑自己。我做了决定要自己去把那张照片和那些信件还给她。因为好奇？是的，而且也许还有一些其他的感情。库尔兹的一切都经过了我的手：他的灵魂，他的身体，他的货站，他的计划，他的象牙，他的事业。只有他的回忆和他的未婚妻——我也想让它们一起成为过去，从某种角度可以这样说——把他留在我这里的一切都交给关于我们共同的命运的最后一个词——忘却。我不是在为自己辩护。我也没有清晰地意识到我想要什么。或许就是一种无意识的忠诚的冲动，或者是完成一个潜藏在人类存在的事实中一个讽刺的需要。我不知道。我说不清楚。但是我去了。

我以为他的回忆就像在每一个人的人生中积累的对死去的人的其他回忆一样——是在他们匆忙的最后旅程中在大脑的阴影里的一个模糊的印象。但是当我站在一扇高大沉重的门前，在十分肃静而且修得像墓地中的整洁的小路一样的街道上的两个大房子中间时，我看到他坐在担架上，贪婪地张着嘴巴，好像要把整个世界和所有人类一起吞掉。那时，他在我面前活了起来，就像以前一样——这个对光鲜亮丽的外表和可怕的现实都无限贪婪的影子，这个比黑夜的影子还要漆黑的影子，它用华丽的雄辩遮掩着自己。他的形象似乎跟着我进了房内——担架、幽灵一样的抬担架的人、一群野蛮的顺从的崇拜者、森林的阴影、漆黑的河湾河面上的闪光、就像心脏的跳动一样有规律地敲击着的鼓点——那是横征暴虐的黑暗的心脏。这是荒野的胜利时刻，在我看来这是一场入侵，是一场报复性的冲撞，为了拯救另一个灵魂，我不得不把它挡住。在遥远的地方我曾经听到的关于他的记忆以及在我背后，在耐心等待的树林中的火光间抖动的长角的形象，那些支离破碎的话语重新回到了我的脑海里。只不过这次出奇的简洁。我记得他可怜的祈求、可怜的威胁、他巨大的卑劣欲望、他灵魂的狭隘、折磨和可怕的痛苦。后来我似乎看到了他强打起精神的样子。这一天他说，"现在这些象牙真的是我的象牙。公司没有花钱买下来。我冒着很大的危险自己去收集的。但是我害怕他们会说这是他们的财产。额。这件事不好做。你认为我应该怎么做？反抗吗？嗯？我想要的不过是公平。"……他想要的不过是公平——想要的不过是公平。我按响了一楼的红木门上的门铃。当我在等待的时候，他似乎在隔着玻璃窗格盯着我——用那双拥抱、诅咒和怨恨整个宇宙的巨大的目光盯着我。我似乎听到他小声地叫喊,"可怕呀!可怕!"

黄昏降临。我不得不在一间高大的会客厅里等待。这个房间有三个长长的落地窗,玻璃从天花板落到地面,就像三个无遮无拦的大灯柱。家具镀金桌腿和靠背的每个模糊的弯曲都闪烁着光芒。高大的大理石壁炉是纪念碑一样的冰冷的白色。角落里有一架巨大的钢琴,平直的表面就像抛光的肃穆的石棺一样闪烁着黑色的光芒。一扇高大的门打开——又关上了。我站了起来。

她走了进来,穿着一身黑衣,脸色苍白,在暮色中轻盈地走向我。她穿着丧服。离他的死去已经一年多了,消息是在一年多以前传来的。她似乎好像会永远记住他,永远为他守孝。她抓起我的双手,小声地说,"我听说你要来了"。我注意到她不是非常年轻——我是说不是小女孩的样子。她有成熟的理智可以选择忠诚,选择信念,选择受苦。那个房间似乎越来越黑了,好像那个阴霾的傍晚将所有悲伤的光线都照在了她的前额上。她美丽的头发、苍白的面容、干净的眉毛似乎都被眼睛中灰色的光芒包围了,她就用这双黑色的眼睛看着我。她的目光是诚实、深刻、自信而且真诚的。她带着她的悲伤就像为她的悲伤骄傲一样,就像她要说,"我——我自己知道怎么为他服丧才足够。"但是当我们还在握手的时候,一个十分悲苦的表情在她的脸上出现,我意识到她是一个那种不会是时间的玩物的生物。对于她来说,他仅仅是在昨天才死去的。而且,天呢,她的表情如此有力量,似乎也让我觉得他就是昨天才死去的——不是,应该是就是那一分钟才死去的。在同一时刻我看到了她和他——他的死和她的悲伤——我看到了她在他死去的那一刻的悲伤。你们明白吗?我一起看到了他们——我一起听到了他们。她深吸了一口气说,"我活了下来。"这时候我紧张的耳朵似乎清楚地听见了混杂在她绝望的遗憾的语调中的他那永恒的诅咒的嘘声总结。我问自己我在做什么,心中充满了恐慌,就像我唐突地冲进了不适合人类观看的一个残酷的可笑的神秘之地一样。她向我指了指一把椅子。我们坐了下来。我轻轻地把包裹放在了一个小桌子上,然后她把手放了上去……"你很了解他。"在一阵哀痛的沉默之后,她小声地说。

"在那里很容易产生亲密感。"我说,"人能有多了解另一个人,我就有多了解他吧。"

"而且你崇拜他。"她说,"了解他而不崇拜他是不可能的,对吧?"

"他是个了不起的人。"我不安地说。她仍然渴望地、坚定地注视着我,仿佛期待着从我的嘴唇中吐露出更多的字,然后我继续说,"很难不……"

"爱他。"她着急地帮我说完,让我陷入了可怕的木然之中,"多么对呀,多么对呀!但是你要知道没有人比我更了解他!我知道他所有高贵的隐私。我最了解他。"

"你最了解他。"我重复着她的话。也许她真的最了解吧。说着的时候,房间越来越暗了,只有她的额头,温润白皙,还被无法区分的信念和爱的光芒照亮着。

"你是他的朋友。"她继续说。"他的朋友。"她重复道,声音稍微大了一点。"你一定是,如果他把这个交给你,让你带给我的话。我觉得我可以跟你说话——啊!我一定可以说。我想让你——听到他最后的话的人——知道我是配得上他的……这不是骄傲——真的!我自豪地知道我比世界上任何一个人都更加了解他——他自己这么告诉我的。而且自从他的母亲去世以后,我就没有人——没有人——来——"

我听着。暮色更深了。我甚至不确定他给我的包裹是不是对的。我宁愿他想给我的是装着他的文章的另一个包裹。在他死后,我看见经理在灯下看那些文章。这个女孩不停地说着,因为确信我是同情的而得到一些安慰。她像口渴的人喝水一样地说着。我听见她说她的家人反对她和库尔兹的订婚。他那时候不够有钱或者什么的。事实上我不知道他什么时候不是个穷人。他给了我某种理由让我推断是因为对相对贫困的不耐心才驱使他走了出去的。

"……曾经听过他说话的人谁会不是他的朋友呢?"她在说,"他通过他身上最好的品质吸引着他们。"她目光炽烈地看着我。"那是伟大的人的品质。"她继续说,她低低的声音似乎含有其他所有的声音——河水的流淌、被风吹过的树木的飒飒声、野蛮人群的低语声、从远处传来的呼喊声中的难以理解的词语的模糊的光环、从永恒的黑暗的门槛边发出的嘘声——为它伴奏——她的声音充满了神秘、荒凉和悲伤。"但是你听过他!你知道的!"她喊道。

"是的,我知道。"我说着,心里有种类似于绝望的东西,但是在她的信念面前,在那个于黑暗中闪烁着神秘的光芒的伟大的救世幻象前面,在那个我挽救不了她,我甚至都挽救不了自己的得意扬扬的黑暗面前,我低下了头。

"对我来说是多么大的损失——对我们!"她十分慷慨地改口说,接着又小声地补充说,"对这个世界!"在最后的几缕暮色中我看见了她眼睛中的光芒,眼睛中充满了泪水——悬在那里没有坠落的泪水。

"我一直很开心——很幸运——很骄傲。"她继续说,"很幸运。也很开心了一小段时间。现在我这一辈子都要不开心了。"

她站了起来,她浅黄色的头发似乎抓住了最后的阳光,把自己染成了金色。我也跟着站了起来。

"所有这一切,"她继续低声说,"他所有的承诺、所有的伟大、所有的慷慨智慧、高贵的心,什么都没有留下——只有记忆。你和我——"

"我们将会永远记住他。"我犹豫地说。

"不!"她喊道。"所有这一切竟然消失了,这是不可能的——这样的人怎么能除了悲伤什么都没有留下。你知道他有宏伟的计划。我也知道——我或许不懂——但是其他人懂。一定要留下什么。他的话,至少没有消失。"

"他的话还在。"我说。

"还有他的榜样。"她低声对自己说。"人们仰视他——他的善良在每一个举动中闪着光。他的榜样——"

"是的。"我说,"还有他的榜样。是的,他的榜样。我忘了说。"

"但是我没有。我不能——我不能相信——现在也不能。我不能相信我以后再也见不到他了,所有人都再也见不到他了,再也,再也见不到他了。"

她伸出双臂,仿佛想要拉住某个离开的身影,她黑色的衣服袖子伸展着,苍白的双手在窗前将要退去的狭窄的光线中紧攥着。再也看不见他!那时我清楚地看见了他。只要我活着我就能看到这个雄辩的幽灵,我也会看到她,这个悲伤和熟悉的影子,她的姿态像极了另一个悲伤的影子,那个影子浑身装饰着无用的符咒,在魔鬼的河流——黑暗的河流上伸展着裸露的棕色手臂。她突然非常低声地说,"他死了像活着一样。"

"他的死去，"我说，心里升起来隐隐的怒气，"无论如何都称得上他的生。"

"我没能陪伴着他。"她低声说。我的怒气在一种无限的同情下平息了。

"一切能做的都……"我含糊地说。

"啊，但是我比世界上的任何一个人更加信任他——甚至比他自己的母亲——比他自己更加信任他。他需要我！我！我会把他的每一口叹息、每一个字、每一个手势、每一个目光视如珍宝。"

我感觉到我的胸膛被一只冰冷的手握了一下。"别，"我说，喉咙仿佛被扼住了。

"原谅我。我自己安静地服丧这么长时间——没有说话……你当时在他身边吧——最后的时候？我想到他的孤单。没有人能像我那样了解他。或许没有人听见……"

"在最后，"我颤抖着说，"我听到了他最后的话……"我惊恐地停了下来。

"你说说。"她用心碎的语调说，"我想——我想——要点什么，好靠它活下去的。"

我几乎就要对她喊了出来。"你们能听见吗？"暮色中他的声音嘘声地在我们每个人身边固执地回荡着，就像一阵刚起的风的第一缕嘘声一样威胁地诅咒着，"可怕呀！可怕！"

"他最后的话——用来活着。"她低声说。"你不明白吗，我爱他——我爱他——我爱他！"

我重新振作起来，接着慢慢地说。

"他最后说的话是——你的名字。"

我听到一声浅浅的叹息，然后我的心静止了，因为一阵高声的可怕的哭喊，充斥着难以置信的胜利和难以言说的痛苦的哭喊而突然死去了。"我知道的——我确定的！"……她知道。她确定。我听见她哭泣；她将自己的脸埋在她的手里。对我来说，这个房子似乎在我来不及逃出去的时候就要坍塌了，天都要落在了我的脑袋上。但是什么都没有发生。天不会因为这么一件小事坍塌。如果我给了库尔兹他应该得到的公平，我好奇天会不会塌陷呢？他不是说，他要的仅仅是公平吗？但是我不能。我不能告诉她。那将会太黑暗了——太黑暗了……

马洛停了下来，独自坐着，形象模糊而且沉默，姿势就像一个打坐的佛陀。一时之间没有人动一动。"我们错过了第一次退潮。"经理突然说。我抬起头。远处的海面被云组成的一片黑色的岸堤遮挡住了，而朝向世界的最末端的宁静的水路在阴暗的天空下肃穆地流淌着——似乎流进了硕大的黑暗的心中。

青　春

这件事只能发生于英国,别的地方都不行。因为在英国,人同海可以说是互相贯穿——海走进许多人的生活里面去,人们也都知道一些,也许完全晓得,海上的娱乐,海上的旅行,或者海上挣面包的生涯。

我们围着一个乌木棹子,它反映出酒瓶、红葡萄酒酒杯,同我们的脸孔,当我们倚肘而坐。一个是公司经理,一个是会计员,一个是律师,一个叫作马洛,还有一个是我。公司经理从前是昆威船上的水手;会计员在海上服务过四年;律师——一个值得敬爱的根深蒂固的保守党、高派教会信徒,是一个极好的老头子,一位知耻的君子——曾经当俾·奥公司船上的大副,在从前好日子时候,那时邮船最少有两只桅装了横帆,常乘一阵合适的时令风走下中国海,低处高处都安有许多补助帆。我们大家起始都是靠着商船谋生。所以在我们五个人里面,有海这个坚固的关系,还有同行的友谊,这种亲切之感是对于游艇、航行取乐和其他海上玩意儿的任何热心都不能给的,因为一个只是人生的游戏,而那个却是人生本身的事情。

马洛(最少我相信他自己是这样子拼他的名字)说出某一次航行的故事,或者还是说某一次航行史比较妥当些:

"是的,我也见过一些东半球的海;但是我记得最清楚的是我第一次到那里去的航行。你们诸位知道有些航行好像是上天安排好来做人生的解释，它简直可以说是人生的象征。你奋斗，你工作，你出汗，你几乎把自己杀死，有时的确把你自己杀死，只是为着要干一件事情——而结果你不能成功。并不是因为你有什么错处。你无非什么也做不好，无论大小的事情——简直世界上没有一件事你能够做——甚至于连娶一个老处女，或者把无聊的六百吨煤运到原定地的港口都办不到。

"那次航行从头到尾是个值得纪念的事情。那是我第一次到东方去的航行，又是我第一次当二副的航行；又是我船主第一次带船。你们会承认这是个极有意思的时候。他最少也有六十岁了；一个身材矮小的人，背宽大，却不很直，肩膀弯着，一只腿比那只腿更往外曲，他有那种绞扭的形态，在田地上工作的人们所常具有的。他有一副像破坚果的家伙的脸孔——下巴同鼻子想相遇，把陷进去的嘴遮住——脸的四围有绒毛一样的铁灰色须发，那好像洒有煤灰的棉织围巾。他这副古老脸孔里有一双蓝色的眼睛，出奇地活像一个小孩的眼睛，具有一种坦白的神情；有些很普通的人们靠着天生难得的纯洁心地同正直胸怀能够一直到死都保存有这种情调。什么使他肯雇我当船员，的确是件奇怪的事。我刚从一条走澳大利亚洲的上等快帆船出来，我在那里当三副，他对于上等快帆船好像有个偏见，认为是贵族的、时髦的。他对我说，'你知道，在这条船里，你得工作。'我说我一向到无论哪一条船都得工作。'啊，可是这里的工作跟你所说的不同，而且你们这班从大船出来的先生们……好罢！我敢说你干得下。明天来加入罢。'

"我第二天去加入。这是二十二年前的事情，那时我才二十岁。时间过得多么快呀！那是我一生里最快乐日子里的一个。请想一想！

第一次当二副——一个真真有责任的职务!我不肯把我这个新任命状拿去换百万家产。大副仔细地把我打量一下。他也是个老头子,但是另外一个派头。他有罗马人的高鼻子,雪白的长胡子,他的名字是马洪,但是他坚持这个字该念做冒纳。他的亲友很有权势,然而他的命运总不好,他老没有成功。

"至于船主,他有许多年头都在海岸上来往的小船里,后来到地中海去,最后进了走西印度群岛的商船。他从来没有绕过好望角。他只能写出模糊的字,根本就不大注意写字。这两位当然都是极好的海员,夹在这两个老汉之中,我觉得像一个小孩子跟两个当祖父的人们一起。

"船也是古老的。它的名字是犹太。这是一个奇怪的名字吗?它属于一个叫作维尔麦的,也许是叫作维尔可克斯——大概总是这类的名字罢;但是他破产了,死了,已经有二十年了,或者还要多些,他的名字也是无关紧要的。这只船起先在沙德卫尔小池塘里搁了不少时候。你们可以想象出它的情形。它满身都是铁锈、尘埃、垢腻——上面有烟泥,船面有污秽东西。对于我,这好像从一座皇宫出来,走进一所颓废的茅屋。它是四百吨左右的船,有一个简陋的绞盘车,门闩都是木做的,整个船没有一点铜,有一个四方形的大船尾。船尾上面用大字写出它的名字,下面有许多云形装饰,泥金已经脱落了,还画有某种徽章,底下有一句铭语:'工作,否则灭亡。'我记得我非常喜欢这句话。这里面含有浪漫的情绪,有一种色彩使我爱这个老东西——有一种色彩感动了我少年的心境。

"我们离开伦敦时船上带个镇船重物——沙包——去北方一个海港装上煤运到盘谷去。盘谷!我高兴极了。我在海上已经有六年了,但是只见到墨尔本同悉德尼，很好的地方，也各有它的妙处——但是怎么能比得上盘谷呢！

"我们扬帆乘着顺风驶出泰晤士河，有一个北海的引港者在我们船上。他的名字是泽明，他整天躲在船上厨房里面，向着炉火烘干他的手巾。他分明没有睡觉。他是一个悲愁的人，总有一粒眼泪挂在他鼻子尖端发光着，他也许曾经遇到灾难，或者正在灾难之中，或者预料将有灾难来临——不会高兴，除非有什么乱子出来。他瞧不起我的年轻、我的常识，同我的驶船本领，一定要用几十个态度来表示他的不信任。我敢说他的意见是对的。我现在觉得那时我知道得很少，现在也没有多知道了许多；但是我一直到如今还怀恨这个泽明。

"我们驶了一星期才走到雅穆斯码头，然后我们遇到狂风——二十二年前有名的十月狂风。那是风、电、冰片、雪花合在一起，海里波涛涌得可怕。我们的船因为太轻就飞飘着，你们可以猜想那是多么不妙，当我告诉你们我们上层甲板的船舱打成碎片，船面同洪水一样。第二晚，它把沙包移到下风边，那时我们已被吹到多革海岸了。没有办法，我们只好拿着铲下去，试把船身弄平，我们就在那广大的船底里，阴森森像一个洞穴，油脂做的烛插在横梁上，闪烁发光，暴风在上面怒号，船斜倾着发狂似的颠簸。我们都在那里，泽明，船主，以及个个人，几乎站不住脚，干这掘墓的勾当，努力把满铲的湿沙掷到上风边。船每翻动一下，你能够在朦胧的光线里模糊见到人们摔跤同乱挥铲子。船里一个男仆（我们有两个）感于这个情境的怪异，哭得好似他的心要碎了。我们能够听到他在阴影里某处痛哭着。

"第三天暴风停住了，不久一只北方的拖船把我们捡起。我们从伦敦到泰国一共花了十六天！当我们走到船坞，我们装货的时机已经过去了，他们拖我们到一个码头，在那里我们滞了一个月。卑尔太太（船主的名字是卑尔）从科尔拆斯忒来看这个老头子。她就住在船上。野鸡水手都走了，只剩下船员，一个男仆，同一个管事，他是黑人同白人生下的杂种，他叫作亚伯拉罕。卑尔太太是个老妇人，满脸皱纹，而且是通红的，像冬天的苹果，她的身材却像个少女。她有一次瞧见我正在缝上一粒纽扣，她坚持要把我的一切汗衫修补好。这跟我所知道的住在上等快帆船上的船主太太的确有些不同。当我把许多汗衫拿去给她修补，她说：'袜子呢？我敢说，它们也需要补缀，约翰的——船主卑尔的——东西现在都料理好了。我很想干些事情。'愿上帝祝福这个老妇人。她把我的行装替我详细检查缝缮过，那时候我第一次读《衣裳哲学》同柏那比的《基发骑行记》。前一本书我不大懂得，但是我记得我喜欢兵士过于哲学家，我后来对于人生的体验更证实了这个偏爱。一个是具有人性的人，那一个是超过人性的——或者低于人性的。然而，他们两位都死了，卑尔太太也死了，青春，体力，天才，思想，成功，单纯的心——这一切都死了……不要紧。

"他们最后把我们这只船也装上货了。我们雇了一队水手。八个能干的水手同两个男仆。一天晚上我们驶开到船坞门口的浮标旁边，预备出去，有个很好的希望，明天可以开始航行。卑尔太太将搭晚车动身回家。当船泊好时候，我们去用茶点。吃的时候我们都不大说话——马洪，老夫妇，同我。我先吃完，溜出去抽烟，我的卧室是在甲板室里，刚靠着船尾楼。正是满潮时候，新鲜的海风夹些微雨飞来；船坞的双重门开着，运煤的汽船在黑暗中来来往往，它们的灯明亮地照着，螺旋推进机溅水发出大声，绞车也嘎嘎作响，码头上有许多呼唤的声音。我注视夜间在高处寂然滑过的一排头灯同在低处寂然滑过的一排绿灯，那时忽然间一线红光向我闪映，立刻隐没了，又看得见，就老滞在那儿。一只汽船的前头涌现在近旁。我向下面船员寝室喊道，'上来，赶快！'然后听到有个惊愕的声音在远处暗中说：'把它停住，先生。'一阵铃响。又一个声音警告地喊道：'我们将一直穿到那只帆船里去了，先生。'这句的回答是个粗暴的，'好了。'过一下子就是个沉重的撞击，当这个汽船的船头峭壁跟我们的齿轮擦过去地碰一下。接着就是暂时的纷乱，呼号同奔跑。蒸气咆哮起来。然后听到一个人说：'全离开了，先生……''你没有碰坏吗？'那个粗暴的声音问道。我跳到前面去瞧一下所受伤害,向他喊道：'我想大概没有。''慢慢向后退。'那个粗暴声音又说道。一阵铃响。'那是什么汽船？'马洪尖声问道。这时候它对于我们不过是一个庞大的影子设法驶走一些路了。他们向我们喊出一个名字——一个女人的名字，米兰大或者麦力萨——或者这类其他的名字。'这么一来，在这个兽窟一样的洞里还得滞一个月，'马洪对我说，当我提着灯细看破碎的上层甲板船舷同冲断的舵轴，'但是船主在哪儿呢？'

"我们这些时候一点也没有听见他同看到他。我们到船尾去看。一个悲哀的高呼从船坞中间某处出来，'犹太，来呀！'……他怎么会鬼混到那里去呢？'唔？'我们叫喊。'我在我们的小船里漂流，没有桨了。'他说。一个在外面滞到太迟了来不及回家的船夫愿意帮忙，马洪同他商议好给他半块银币把我们船主拖过来；但是先走上梯子的却是卑尔太太。他们于这轻寒的零雨之下在船坞里差不多飘荡了一个钟头。我一生里没有这么惊愕过。

"事情的经过是如此:当他听到我喊'上来',他立刻知道是什么事,抓起他的妻子,跑上甲板,跑过去,走到我们的小船,那是缚在梯边。六十老翁能够这么灵活也算难得了。请你们想一想这个老汉英雄地双手救起这个老妇人——他一生里最宝贵的女人。他把她放在坐板上,正预备跑回到船上去,船头系船的绳索却落下,他们就一同漂去了。当然在纷乱之中我们没有听到他的叫喊。他现出赧然的神气。她高兴地说:'我想现在我赶不上火车也不要紧了?''不,真妮——你到下面去,那里暖和些,'他含怨说道,然后向我们说,'一个海员不该有个妻子——我说。你看我却到船外去了。好罢,这次没有什么大损伤。让我们去看这条傻汽船打坏了什么。'

"那并不是大损坏,但是使我们又滞留了三星期。这时期终止时候,船主跟他的经理们接洽事情,我拿卑尔太太的旅行囊到火车站,将她很舒服地安顿在三等车中。她把窗门扯下向我说:'你是个好青年。若使你看见约翰——卑尔船主——夜里没有用围巾,请你向他提一声,说我吩咐他脖子要好好包起。''一定的,卑尔太太。'我说。'你是个好青年,我看出你多么留心照顾约翰——船主……'火车忽然开走了,我对这个老妇人脱帽,我再也没有看见她了……请把酒瓶递过来。

"我们第二天驶进海里去。当我们这下开始向盘谷航行,我们离开伦敦已有三个月了。我们起先以为顶多不过两星期左右的时光。

"那是正月,天气佳美——那种和煦有阳光的冬天日子,比夏天的更妙得多,因为那是出乎意料的,清脆的,你又知道那不会、那不能继续很久。那好像是一笔横财,好像上帝赏赐的好东西,好像是一下意外的幸运。

"这种天气一直维持到北海,到海峡;一直维持到我们在利查底西面三百英里左右的地方;然后转个风势,刮起东南风了。两天内成为暴风。犹太随波浮沉,在大西洋中打滚像一只旧洋烛箱子。天天有暴风,含着憎恶地、不停地、毫无慈悲地、一下子也不歇息地刮着。世界无非是一大片打出白沫的大浪向我们冲来,上面的天低得伸手可触,龌龊得像个烟熏的天花板。我们四周的狂风雨里飞舞的浪花同空气一样的多。天天夜夜船的四旁没有别的,只是风的啸号,海的骚动,水倾泻到船面时的噪声。船是没有一刻的休息,我们也没有一刻的休息。它颠簸,它竖起,它倒栽,它坐在尾巴上,它滚动,它呻吟,我们在船面时就得抓住东西,在底下时就得依着寝棚,身体总是用力,心里总是焦虑。

"一天晚上马洪从我卧室的小窗子对我说话。那正朝着我睡的床铺,我躺在那里睡不着,穿着长靴,觉得我好像有许多年没有睡过,若是去试睡,也办不到。他兴奋地说道:'你这里有测水尺吗,马洛?我无法使抽水机吸水。天呀!这绝不是儿戏。'

"拿一把测水尺给他,又躺下来,打算去想些其他事情——但是我老想着那抽水机。当我走上船面,他们还在抽水机旁边努力工作,我当值时间到了,就同他们调班。靠着带到船面来看测水尺的灯笼的光线,我瞥见他们疲倦严重的脸孔。我们抽了整整四个钟头。整宿,整天,整个星期,我们轮班接连抽着。它自己渐渐松散了,漏水很多——没有多到会立刻将我们泅死,却足以把抽水工作累死我们。当我们抽水时候,船是一块一块地离散了;上层甲板的船舷去了,直杆也给风吹跑了,通气筒打成粉碎,房门也冲开了。船里没有一块干燥的地方。它的肠脏是一块一块地被取出。一只长方形的船好像受了魔力变成为木片，它就站在上面受绞肠的苦痛。我自己也曾鞭挞过它，我都还喜欢我的手艺，那能够这么久阻挡海的恶意。我们老是抽水。天气一些也没有改变。海是白得像一片白沫，像一锅煮滚的牛乳；密云没有一些破晴，不——连一手掌大的晴空都没有——不，连十秒钟的好天气都没有。对于我们可以说没有天，没有星，没有太阳，没有宇宙——什么都没有，除开盛怒的云同疯狂的海。我们轮班抽水，为着要救我们这可爱的生命。这个工作仿佛继续了好几个月，好几年，永久继续着的，好像我们死过去，到地狱当水手了。我们忘却当下是星期几，我们忘却月名，我们忘却是何年，我们也不知道我们曾经住过岸上没有。帆吹掉了，它斜躺着，盖着油布，海倾泻到它上面，我们也不去理。我们只是转动抽水机的柄，眼神同傻子的一样。我们一爬到船面，我常用一根绳把人、抽水机，同主桅圈在一起，我们转动，不停地转动，水到我们腰间，到我们颈部，过我们的头了。这于我们还是一样的。我们早已忘却干的感觉是怎么样了。

"我心中隐隐想着：哈哈！这真是个怪有意思的冒险——活像你在书里所念的；这又是我第一次当二副的航行——我才二十二岁——此刻我也能捱着，不下于任何人，而且也使这班水手们照常工作。我感到愉快。我绝不肯抛弃这个经验，就说拿整个世界来给我换。我有狂欢的时候。每次这只裸露的小船使劲地竖起来，它的后尾高举在空中，由我看来，它好像把它船尾上所写的字'犹太，伦敦。工作，否则灭亡'扔上去，当做个恳求，当做个挑衅，当做个向毫无慈悲的云团的叫喊。

"呵，青春！它的力气，它的信仰，它的想象力！对于我，它并不是个发出戛戛声音的破旧东西，为着运费载一大堆煤在世界上跑来跑去——对于我，它是人生的努力，人生的试验，人生的磨炼。我现在想起它时，还带有欣欢，带有感情，带有惋惜——正好似你想起一个你曾爱过的已死的人。我绝不会忘记它……请把酒瓶递过来。

"一天晚上，像我前面所说的，缚在主桅旁边，我们正在抽水，给风声弄聋了，没有精神到无力去希望自己是个死人，一阵波涛砰磕而来，冲到船面，把我们洗一遍。我一有力气呼吸，就按着我的责任喊道：'坚持到底，孩子们！'那时我忽然觉得一件浮在船面的硬东西打我的小腿子。我去攫取，却没有抓到手。你们知道——四面是黑得一尺之内我们不能看清彼此的脸孔。

"这下砰击之后，船安稳了一会儿，那个东西，不管它是什么东西，又打我的小腿子。这一回给我拿住了——那是一只汤锅。起先，因为我疲累得傻了，心里又只想那抽水机，我不知道我手里拿的是什么。忽然间，我明白了，我喊道：'孩子们，甲板室去了。离开这个工作罢，让我们去看厨子怎么样。'

"船的前头有一所甲板室，包含厨房，厨子的寝棚，同水手的住所。因为我们已经有好几天就预料出会看见它被水冲去，所以叫水手们到下面房间去睡——那是船里唯一安全的地方。我们的管事亚伯拉罕却偏要依恋他的寝棚，愚蠢地像一头驴子——我相信完全出于恐惧，像一只牲口地震时不肯离开快坍下的兽栏。我们于是去看他。这是拿生命去冒险，因为一离开我们的捆绑，我们毫无掩护，正同在筏子上面一样。可是我们去了。那间屋子成为粉碎，好像一粒炸弹在里面爆发了。一大半东西都掉海里去了——炉子，人们的宿所，他们的财产，全掉海里去；但是扶着一部分船舱的间壁却留有两根柱子。大有神迹的意味，亚伯拉罕的床架就钉在上面。我们在遗迹之中摸索，碰到这个，他就在那里，坐床架上，四围是白沫同残物，高兴地向自己喃喃。他是神经错乱了，完全而且永久疯了，因为这个突然的惊骇刚乘着他忍奈到无可再忍的时候。我们把他捡起，强曳他到船尾，将他倒栽地扔给在下面房子里的人们。你们知道我们没有时间去非常小心抬他下去，再等候着看他的情形有何变化。在下面的人们当然会在楼梯底将他拖起，一点儿也不错。我们是赶快跑回抽水机那里去工作。那件事是不能等待我们的。一个坏漏是个不近人情的东西。

"人们会以为这回魔鬼般的狂风的唯一目的是要把这可怜的杂种鬼弄疯。还不到天亮，风势就已平下了，第二天，天也晴朗起来，海既然平静下去，漏口也自己塞住了。当我们安上一套新的帆，水手们要求驶回去——的确没有别的办法。小艇都吹掉了，船面给水洗得空无一物，下面的房子内部也破坏得不堪，人们除开身上穿的之外没有一丝的衣服，粮食损失了，船身也过劳了。我们转过船头，向家乡驶去——你们会相信吗？现在却刮起东风，正是我们的对头风。它重新刮起来，而且是不停地。每走一时的路程，我们都得很费劲，但是它没有漏那么厉害了，水的呜咽也比较和平些。四个钟头中间得抽水二个钟头，这真不是开玩笑的事情——但是这样子它居然在水面挣扎到法尔马司。

"那里的善良住民是靠海上的灾难为生，看见我们一定是很高兴的。一群饥饿的造船匠瞧到这只死尸般的破船，赶紧磨利他们的凿子。天呀，在他们工作完了之前，的确骗了我们不少的钱。我想船的所有者已经很窘迫了。种种的停搁使它多滞了许久。然后决定把一部分的货运出,将它的干舷重新钉铁。这做完了,一切修理都已竣工,货也再运上去;一班新雇的水手上船,我们又扬帆到——盘谷,过了一星期,我们又回来。水手说他们不肯到盘谷——那有一百五十天的路程——在一只二十四钟头里要抽水八个钟头的像两桅船的破船里。航海日报又登上这一小段新闻:'犹太。三桅船。自泰因到盘谷,煤,回到法尔马司,因为漏水同水手不肯服务。'

"又耽搁了许多——又修补一番。船的所有者来住一天,说它一点毛病也没有,简直像一架小提琴。可怜的卑尔老船主憔悴不堪,活像一只煤船船主的鬼——因为经过了这些忧虑同耻辱。请你们记住他已六十岁了,这是他第一次带船。马洪说这是一回无聊的事情,准会有个不好的结果。我比从前更喜欢这条船,非常想到盘谷去。到盘谷去!神秘的名字,幸福的名字。美索不达米绝对比不上它。请记住我才二十岁,这是我第一次得到二副的任命状,东方正在等候着我。

"我们驶出去,泊在外面码头,有一班新雇的水手——第三班的。它漏水比从前更厉害。真好像这班该死的造船匠的确在它上面打了一个洞。这一次我们简直没有驶出海口。水手根本就不肯去料理绞盘。

"他们又把我们拖到内港里去,我们变为那地方的一个固定物,一个景色,一个名胜了。人们指出给游客看,说道:'这就是到盘谷去的那只三桅船——在这里已经六个月了——回来三次。'放假的日子,小孩子摇着小船,会喊道:'犹太,唔!'若是有一个人在栏杆上露出头来,他们会喊道:'你们到哪里去哩——盘谷吗?'嘲笑了一番,我们只有三个人在船上。可怜的老船主在下面房间徘徊踯躅。马洪去当厨子,出乎意料地表现出法国人做精美小菜的一切天才。我百无聊赖地照料船缆。我们变为法尔马司的市民。个个开店铺的人们都认得我们。在理发店或者烟铺里,他们亲密地问道:'你想你真会到盘谷吗?'当时,船的所有者,保险商,雇船者在伦敦彼此争吵着,我们的薪水继续下去……请把酒瓶递过来。

"这真是可怕。在精神方面,这比为着要救自己生命而抽水还坏。仿佛我们被世界忘却了,不属于谁的,也不会驶到任何地方;好像,给魔力所迷,我们不得不永久住在这个内港里,做一代一代长海岸上游手好闲的人们同不老实的船夫的嘲弄材料和笑柄。我支三个月薪水,告了五天假,跑到伦敦去。去的路程费了一天,回来的路程差不多也费了一天——可是三个月的薪水仍然是用光了。我不知道怎样花去的。我相信,我到游戏场去,在里真街上一家华美的馆子里用小吃,用大餐,用午餐,刚好赶回来,没有带了别的,只有一套拜伦全集同一副新旅行囊,算做我三个月工作的成绩。渡我到大船去的船夫说:'唔!我起先还以为你离开那家伙了。它绝不会驶到盘谷。''你只知道这些。'我轻蔑地说道——但是我心里非常不高兴这个预言。

"忽然间有一个人,某人的某一种代表。带了全权而来。他满脸都是酒黴,有个不屈不挠的魄力,是个嘻嘻哈哈的人。我们又生气勃勃起来。一只旧船来到船旁,搬去我们的货,然后我们到干船坞,将我们船的铜皮剥下。它会漏水真是不足奇的。这个可怜东西,给暴风摧残到忍无可忍了,好像不胜厌恶,把它夹板缝里的填塞物都吐出来。它重新钉过铁,新包上一层铜皮,弄得坚固像一只瓶子。我们回到旧船,把货又搬回来。

"然后,一个良好的月夜,所有耗子都离开这只船了。

"我们一向受他们的骚扰。他们咬坏我们的帆布,吃我们的粮食比水手还厉害,殷勤地与我们同床,患难相共,现在当这只船可以航海了,却决定离开。我叫马洪来赏玩这个奇观。耗子跟着耗子现在我们栏杆上,从肩上回头作最后的一顾,空洞地砰的一声掉到破旧的空船里。我们想去数他们,但是一会儿就数乱了。马洪说:'好罢!别同我说耗子是多么聪明。他们从前该离开,当我们万分危险,几乎沉没了。现在你有个证明,可以看出关于他们的迷信是多么无谓。他们离一只好船,到一个老朽的旧船,那里什么吃的都没有,这是傻瓜!……我不相信他们比你我更知道什么是他们的安全,和什么事于他们有好处。'

"又谈论了一下子,我们公认耗子的智慧是太称赞得过分了,其实并不比人们的高明多少。

"这只船的遭遇这样子从兰斯恩德一直到福耳兰这条海峡的人们都知道了,我们从南海岸无法雇到水手。他们从利物浦送一全班水手来,我们又出发——到盘谷去。

"我们风平浪静,一直驶到热带,这条老船犹太就在阳光之下行步艰难地往前进。当它每小时走八哩时,上面的一切东西都响起来,好像将折断了,我们把小帽紧缚在头上;但是它常是每小时走三哩,慢慢溜着。你们怎能期望它不是这样呢?它是疲倦了——这只老船。它的青春正同我的青春一样,是已过去了——也正同你们的青春一样,你们诸位听这个故事的先生们。有哪位朋友肯当面说你们年纪太大,或者太疲劳了呢?我们并不责备它。最少,在我们住在船尾的官员眼里,好像我们是生于斯,长于斯,在这里面住了许多年头了,仿佛绝没有知道过别只船。我不打算骂它，正如我不会因为家乡的老礼拜堂不是个大教堂，就去说它的坏话。

"至于我，我的青春也使我更有耐心。在我的前途有整个的东方同一切的生活，想到在这只船我遇到磨折，居然对付得很不错，我更觉得高兴。我就想起古代的人们，他们几世纪以前坐在并不更高明的船上，也走这条航路，到棕树、香料同黄沙的国土，那里有棕色种的人民，他们的皇帝比罗马的尼罗王更残酷，比犹太的所罗门更奢华。老船还是步履蹒跚地往前走，因为上了年纪同载了货物变得很沉重了，我却是在无知识同热烈希望里渡青春的生活。它步履蹒跚地往前走，一天又一天，好像永无止期；在落照之下反映出的新涂泥金好像向这将瞑的大海喊出画在它船尾的几个字：'犹太，伦敦。工作，否则灭亡。'

"然后，我们驶进印度洋，往北朝着爪哇·赫德走去。海上只有微风。一星期一星期过去了。它还是慢爬着，努力否则灭亡，家乡的人们开始打算出布告，说我们过期未到。

"一天星期六黄昏时候，我正在休息，水手们请我给他们另外一桶左右的水——为着洗衣服用。我不愿意这么迟还去扭上淡水唧筒，就吹着哨子往前走，手里拿一把钥匙去打开船头舱的舱口，想从我们放在里面的一个多余的水柜取水。

"下面的臭味真是出乎意料的，真是可怕。闻到这臭味，人们会以为有一百支白蜡灯在那个洞里吐焰熏烟了许多日子。我走出来，如释重负。跟我同去的人咳嗽说道：'怪味，先生。'我不留心地答道：'据说这于身体有益。'便走向船尾去了。

"我第一件干的事情是低下头，伸进船中间气筒的方口。当我揭开那盖子，一些看得见的气，有点像薄雾，一阵细微的烟雾，从口里出来。上升的气是热的，有一种浓厚的、烟煤的、白蜡的臭味。我只闻一下，就轻轻地把盖子关上。把我自己弄得窒息是没有用的。下面的货物分明是燃烧起来了。

"第二天，它真真冒出烟来。你们看这是在意料之内的，虽然所运的煤是属于安全那一种的，可是这些货搬来搬去，搬的时候又弄得这么碎，看起来，它不像别的，简直像铁匠铺的煤块。后来又浸了水——还不止一次。当我们把它从破旧的空船取回，天老是下雨，现在走了这么长的路程，它发热了，这又是自然燃烧的一个例子。

"船主叫我们到他的房间。他有一张地图铺在棹面，现出忧愁的神气。他说：'西澳大利亚海岸离这儿不远，但是我想向我们的目的地走去。这又是暴风的月令；但是我们决定使船头朝着盘谷，跟火奋斗。绝不再回转去停泊在任何地方了，就说我们都烤焦了。我们要先用缺乏空气来熄灭这个倒霉的燃烧。'

"我们尝试一下。我们拿一切东西去喂它，它仍然冒烟。烟老是从看不见的裂缝出来，它由船舱的间壁同船面的盖布冲透出来，它一丝丝地这里、那里，到处泄漏出来，一片薄雾，怎么能够跑出真是不可思议。它走进房间里面，走到船头甲板；它使船面有遮盖的地方也染上毒气，甚至于大帆顶上也闻得出它的烟味。若使烟能走出，那么空气分明能够进去。这叫我们寒心。这个燃烧不肯熄灭。

"我们决定用水来试一试，将货舱口打开。一阵一阵大卷的烟，白色的，黄色的，浓厚的，油腻的，雾一般的，使人不能通气的，上升一直到桅顶的木球。一切人们都躲到船尾去。然后，这阵毒云吹走了，我们回去工作，四围的烟现在只有普通烟囱的烟那么浓厚了。

"我们装好压水唧筒,接上水龙软管,可是软管渐渐破裂了。唉,那是跟这只船同样老——一个前史时的水龙软管,已是无法修补了。我们于是就用微弱的抽水筒,拿桶子来盛水,这样子设法及时将好些印度洋的水灌到货舱大舱口。明亮的海水在太阳光中发光,倾泻到一层慢爬着的白烟里去,就消失于煤块的黑色表面上了。蒸气混着烟一同上来。我们好像将盐水灌注一个无底的大桶。这是我们的命运,在这只船里抽水,把水从船里抽出,又从外面抽水到船里去;从前使船里没有水,免得我们淹死,我们现在却疯狂地灌水进去,救我们自己,免得烧死。

"它却迟缓地往前爬,努力否则灭亡,在恬静的天气里。天是洁净得出奇,蓝蔚得出奇。海是光滑的,澄蓝的,透明的,发光像一粒宝石,向四面伸长,一直到天边——仿佛地球是一粒钻石,一粒大碧玉,一粒宝石造成的行星。在这没有风波的大海里,犹太偷偷地溜走,有沉闷不洁的烟雾包着,藏在徐行的云里,那向下风处飘去,轻轻的,慢慢的。这是一阵含有毒质的云,把海天的光荣弄脏。

"这些时候里我们自然没有看见火。货在底下某处冒烟着。有一回,马洪,当我们站在一排工作时候,现出一种古怪的笑容,向我说道:'吓,若是它此刻会生一个刚合适的漏口——像我们第一次离开海峡时候那样——就可以把这阵火止着了。你看会不会?'我所答非所问地说道:'你记得耗子吗?'

"我们跟火奋斗,小心地驶船,仿佛并没有什么意外事情发生。管事在厨房里煮菜,伺候我们。其余十二人,八个工作,四个休息。个个人轮班,船主也在内。真是平等,虽然不能严格地说有友爱,可是彼此都很怀有好感。有时一个人,当他倒满桶的水到舱口里去,会喊道：'哈哈，到盘谷去！'其他人们就大笑起来。但是通常我们是静默同严重——而且口渴。啊，多么渴呀！我们又不敢随便用水。严格的限制。船冒烟着，太阳是灼热的……把酒瓶递过来罢。

"我们试尽了一切法子。我们甚至于想掘到发火的地方。这当然是办不到的。没有一个人能够在底下滞过一分钟。马洪第一个下去，晕倒在那里，去救他出来的人也晕倒了。我们把他们强拽出来，放在船面上。然后，我跳下去，为的是给他们看这是多么容易办到的。他们现在学乖了，只用链钩缚在——我相信是——帚柄上把我钩起来。我也不愿意再下去捡起我的铲子，那就滞在下面。

"情形有些不妙了。我们将长艇放到水里去。第二条艇我们也预备让它去随潮旋转。我们还有一只十四英尺长的小艇，挂在船尾吊艇架上，那是很安全的。

"然后，你们看，烟忽然间减少了。我们加倍我们的力量去灌船底。两天后，一缕烟也没有了。个个人都笑逐颜开。这是星期五的事情。星期六不做什么工作，船当然还是照常驶着。人们两星期来第一次洗净他们的衣服同脸孔，享受一顿特别丰富的大餐。他们谈到天然燃烧时现出蔑视，隐含着他们是扑灭天然燃烧的好汉这个意思。我们都觉得仿佛承受了一笔大财产。但是有一种可厌的焦味回绕船中。卑尔船主双目凹下，脸颊陷进去。我从前绝没有注意到他的身体是这么扭歪弯曲。他同马洪严肃地在舱口同通气筒旁边暗中考察，伸着鼻子闻。我忽然觉得可怜的马洪是个非常、非常老的汉子。至于我自己，我是骄傲高兴，好像我出力打胜一仗大海战。呵！青春！

"夜是佳美的。早上，有一只回国的船从我们道上经过，船身隐于水平线下，只看得见帆樯——这是好几个月来我们第一次遇见的船；但是我们终于走近目的地了。跟爪哇·赫德只隔一百九十哩，差不多一直望着北方走。

"第二天从八时至十二时是我在船面轮班的时候。早餐时候，船主说：'真奇怪，那种味老缠在船上房间里面。十点时候，大副在船尾甲板上，我走下到中甲板滞一会儿。木匠的长凳站在中桅旁边，我靠着它，一面抽我的烟斗。木匠，一个年轻的人，来同我闲谈。他说：'我想我们干得不坏，是不是？'然后我心里有些不痛快，看到这个傻家伙想把这长凳踢走。我不客气地说道：'不要这样，木匠。'立刻有一个奇怪的感觉，一个荒谬的幻觉——我好像到空中去了。我听见四围仿佛有一个闭住的气息松吐出来——好像一千位巨人同时喊一声'孚'——感到一个沉闷的打击，那使我的肋骨忽然痛起来。这是无可疑的——我是在空中，我的身体正画一条短抛物线。但是虽然很短，我还有时间想几个念头，就我记忆所及，大概是底下这样一个次序：'这不是木匠捣乱——是什么呢？一些意外的事变——海底火山吗——煤，煤气——哈哈！我们的船爆发了'——个个人都死了——我掉到后货舱舱口——我看见里面的火。'

"货舱空中浮动的煤屑当爆发时候呈出暗红色的光辉。一霎眼间，从长凳被踢后一秒钟几千万分之一的时间之内，我已全身趴在货上面了。我自己站起，赶紧跑出来。那是快得有如反响。船面是一片碎木的旷野，交叉躺着，像狂风后的森林；一块非常大的坚固烂幕布在我们面前飘荡——那是扯成碎条的大帆。我想，樯桅立刻会倒下。为着免受伤，我突然双手双脚爬到船尾甲板的楼梯旁。我第一个看见的人是马洪，眼睛同碟子一样大，嘴张开着，长的白发一根一根直着站在他头上，像银色的灵光。他正要走下来，看见中甲板蠢动，掀起，在他眼前变成碎片，却把他吓住了，木鸡般站在楼梯最高那一格上。我不相信地瞧着他，他也带个古怪的惊骇的好奇盯着我。我自己不知道我没有头发，没有眉毛，没有睫毛，我年轻的髭须烧掉了，我的脸孔是墨黑的，一边脸颊破了，我的下巴流着血。我遗失了我的帽子，一只拖鞋，我的汗衫也扯成碎布了。这许多情形我都不晓得。我很惊奇，看到船还是浮着，船尾甲板还是整个——尤其看到还有人活着。海天的恬静也是很骇异的。我想我预料会看见他们吓得抽筋……请把酒瓶递过来。

"有一个声音，喊我们船名，从某处发出——从空中呢，从天上呢——我说不清。我立刻看见船主——他是疯了。他热烈地问我：'房里的桌子到哪里去了？'听见人家问这样一句话，真叫我恐慌无所措。你们知道，我刚被掷到空中去，神经还为着这个经验而颤动——我还没有十分把握，我自己是否活着。马洪顿起双脚来，向他喊道：'天呀！你还不知道船面冲掉了吗？'我能发出声音了，结巴地说道，好像觉得自己有很大的失职，'我不晓得房里桌子跑哪里去。'这活像一场荒谬的狂梦。

"你们猜得出他接着要干什么吗？他要我们调整帆桁。很沉静地，好像浸在默想里面，他坚持把帆桁跟桅樯成为直角。'我不知道船上还有人活着没有，'马洪说，差不多是含泪地，'可是，'他温和地答道，'剩下的人们总够调整帆桁。'

"这个老头子好像正在他床铺上开时计，这个打击使他颠旋房里。他立刻想到——他后来说——船碰到什么东西了，就跑到外面房间去。那里他看见房间的桌子消失得不知去向。船面既然炸飞，这当然也流落到船尾积物室里去了。那天我们用早餐的地方，他现在只看见地板上一个大空窟。这件事他觉得这么神秘可怕，这样深刻地感动了他，他到船面后的所见所闻跟这个一比较，都成为无关紧要的细事了。你们看，他立刻注意到舵轮没人管，他的船离开它的航路了——他唯一的观念是使这个可怜的、裸体的、无甲板的、冒烟的船壳还是朝着它的目的地走去。向盘谷开驶！这是他所想办的。我告诉你们这个恬静驼背、腿向外弯、差不多可以算做残缺的矮小老头子，他观念的古怪同他毫不慌张地不了解我们的震惊真是有些过度。他用一种命令的姿势指挥我们往前工作，他自己去管舵轮。

"是的，这是我们所干的第一件事情——调整这个破船的帆桁！一个人也没有死，甚至于没有一个人成为残废，但是每人多少受些损伤。你真该瞧见我们当时的情形！有些穿着破烂的衣服，脸孔黑得同运煤夫的一样，简直像扫烟囱的人，头小得有如弹丸，那好像剃光了，其实是烧到头皮。其他在下面的船员因为寝棚塌了，被扔出来而惊醒，不断地颤抖，甚至于我们工作时候，还在那儿呻吟。但是他们都做工。这班利物浦的硬汉身里倒有真正的好气质。这是我的经验，他们总是如此。海——他们蒙昧灵魂四围的空旷同寂寞，赋他们以这个性质。吓！我们摔跤，我们爬动，我们的胫骨触着破碎木头擦去踵皮，我们拖扯东西。桅樯站着，但是我们不知道它们底下烧焦了多少。天气差不多是恬静的，但是一阵浪涌从西方来，使它转动。那些桅樯随时可以颠覆。我们恐惧地望着它们。人们无法预料它们会向哪面倒下。

"然后我们退到船尾去，看一看四面的情境。船面是破板、零段、碎片同毁坏的木头家伙的堆积所。桅樯从这混乱的杂物里抽出，好像大树从密生的矮林里伸出。这堆破烂物的空隙满是一种白色蠕动的东西——同油腻的雾差不多。看不见的火的烟又上升了，回绕着，有如充塞于朽木的山谷里浓密的毒雾。已经有些慢飘的鬼火开始从这杂碎里往上蜿蜒。这儿那儿有些木头壁直插着，像一根柱子。围桅的栏杆一半穿到前樯的纵帆里去，天空在这沾污得难看的帆布破处现出一块光荣的蓝色。几块架在一起的木板有一部分横在栏杆外面，一头突出船外，像一个到虚空去的舷门，像一个到深海去的舷门，引我们走上死路——好像请我们立刻去走跳板，将我们这可笑的麻烦结束。在空中，在天上——仿佛有个精灵，一个看不见的东西叫我们的船名。

"有人倒晓得向船外望一下，看见我们的舵工，他起先一时冲动跳到海里去，焦急地想回来。他大声喊叫，很带劲地浮水，像一条人鱼，总在船旁边，不敢落后。我们抛一条绳子给他，他立刻站在我们中间，水同江河一样从他身上流下，很垂头丧气的样子。船主也不理那舵轮了，独自在一处，肘倚着栏杆，手支着额，默然凝视着海。我们问自己道：'再会有什么事情呢？'我想，这才像冒险，这真是伟大。我纳罕着会有什么事情发生。啊，青春！

"忽然间马洪瞧见一条汽船远在船后。卑尔船主说：'我们还可以向它去设法。'我们挂起两面旗，那用海洋上的世界语说：'着火。需急救。'汽船很快就变大了，渐渐也在前樯上挂两面旗，旗语的意思是，'我正来救你。'

"半点钟内，它同我们居在同一行列上，在上风那一边，彼此相喊听得见，微微颠簸着，它的机器停住。我们失掉了镇静，齐声激昂地喊道：'我们被火冲飞了。'一个戴白色窄边拿破仑式帽子的人站在舰桥上喊：'是的！不要紧！不要紧！'他点头微笑，用手做安慰的姿势，好像对着一群吓了的小孩子。一只小船下水，荡它的长桨向我们走来。四个加拿大人轻快地划来。这是我第一次见到马来水手。此后我很知道他们，那时使我觉得奇怪的是他们的不关心。他们来到旁边，甚至于站起，拿船钩搭在我们的大铁链上面的划头桨的人也不肯赏脸抬头望我们一眼。我心里想被火冲到天上去的人们总值得受更大的注意。

"一个矮小汉子，干枯像根木屑，活泼像只猴子，爬上来。这是汽船的大副。他看了一眼，就说道：'呵，孩子们——你们还是离开这只船好些罢。'

"我们都默然。他独自跟船主谈一会儿——仿佛是跟他辩论。然后他们一同上汽船去。

"当我们船主回来，我们听他说这只汽船叫作散麦维尔，船主是那士，从西澳大利亚到新加坡去，路过巴塔菲亚，带有邮件，我们订的合同是它拖我们到盎革，假使可能，就到巴塔菲亚，在那里我们可以在船侧打一个孔把火弄灭，然后继续我们的航程——到盘谷去！老头子好像兴奋起来。'我们还要干下去。'他凶猛地向马洪说。他握拳向天。别人不则一声。

"中午时候汽船开始拖我们。它苗条高高地在前面走，犹太这个残破的船在七十寻船缆的末端跟着——轻快地跟它，像一团黑烟，桅杆的顶露在上面。我们爬到帆索的高处去卷船帆。到帆桁时我们咳嗽，到帆腹时非常小心。你们看见我们这班人吗？仔细地卷起那命定了永不会抵任何地方的船的帆？个个人都认为随时桅樯会倾覆下来。从上面，我们只见烟，看不见船，他们小心地工作，好好地接连着传递束帆索。'向港口卷去——你们这班在上面的人们！'马洪从底下喊道。

"你们懂得这一点吗？我不相信这几个汉子里面有一个预料会照通常的样子下来。当我们平安着地了，我听见他们彼此说道：'呀，我起先想我们将从船上掉到海中，一大堆的——木头和我们一起——你可以骂我，假使我不是这样想。''这正是我对自己想的。'另一个受伤了，缚了绷带的憔悴的人疲倦地答道。请你们注意，这班人并没有受过训练，养成服从习惯。在一个旁观人眼里，他们是一群毫无虔信心境的流氓，绝没有什么好处。什么使他们工作——什么使他们服从我？当我自觉地想到这是多么有意思，叫他们一再放下前帆的帆腹，为的是要弄得更牢靠些？什么呢？他们并没有职业上的荣誉——没有什么例子，也得不到赞美。这也不是出于他们的责任心；他们都很知道怎样躲懒偷闲——当他们想这样干的时候——他们多半都有这种念头。是不是因为叫他们来的这个每月二镑十先令的薪金呢？他们觉得他们该受一倍多的报酬，不，这是他们身里的性质，一些天生的、微妙的、永久的气分。我并没有积极地说一只法国或者德国商船上的水手不能干这些事，但是，我怀疑他们会不会这样干。这里面有一种完善的态度，坚固得有如主义，能够驾驭一切有如本能——露出一些秘密的性质——一些隐晦的气分，一种先天的善恶之分，那做成种族的差别，那铸定国家的命运。

"这是在那晚上十点钟，我们第一次看见火，自从我们跟它奋斗以来。拉纤的速度扇动了冒烟的烈火。一线绿光现于前面，照亮底下甲板上的残破情形。它变成小块火球摇动着，蠕动慢爬，像一只流萤的光。我先瞧见，告诉马洪。'那么失败了，'他说，'我们还是停止这个拉纤好罢，否则它会前后爆裂，在我们能够走开之前。'我们狂叫起来，摇铃引他们的注意，他们还是向前拖。末了，迫得马洪同我爬到前面，用一把斧头把绳子砍断。因为来不及去解绳索了。在我回到船尾的途中，我们看得见红火舌舐我们脚下的一片木屑的旷野。

"他们在汽轮上当然很快就发觉绳子断了，它的汽笛大叫一声，我们看船上的灯光飞快地兜个大圈子，它走来排在我们船旁，停住了。我们紧紧地挤成一团站在船尾甲板上，望着它。每个人手里都保留有一捆或者一包的东西。忽然一个带螺旋形顶的圆锥形火焰冲上天去，投一个光圈到黑海上面，这两只船并排在这个圈的中心轻轻起落着。卑尔船主坐在铁格上发呆有好几个钟头了，但是现在他慢慢站起来，走到我们前面，一直走到尾桅桅索上。那士船主喊道：'快些！当心点。我船上有邮包。我一定带你们同你们的小船到新加坡去。'

"'谢谢你！不！'我们船主说，'我们一定要看这条船的究竟。'

"'我不能再在你们旁边了，'那个人喊道，'邮包——你们知道。'

"'是！是！我们没有危险。'

"'好罢！我到新加坡时替你们报告……再见！'

"他挥手告别。我们这班人们悄悄地落下手里的包裹。汽船向前驶去，走出光圈，我们立刻看不见它了，因为我们眼睛给燃烧得凶猛的火弄眩了。然后，我晓得我第一次瞧见东方时，我将是个小艇的总指挥。我想这真妙，我们这样忠于老船，我觉得也很妙。我们将看见它的究竟。呵，青春的魔力！呵，青春的火焰，比着火的船的火焰更来得令人目眩，射出有魔力的光辉到大地上，大胆地跳到天上去，很快就给'时间'湮没了，那是比海更残酷，更无怜悯，更苛刻——跟着火的船的火焰一样，被坚不可破的黑夜吞没进去了。

"老头子用他那温和而固执的口吻警告我们,这是我们责任的一部分,尽力替保险商救出船上的东西。于是乎我们到船尾去工作,它就在船头大放光明,足以照我们做事情。我们拖出一大堆废物。有什么我们不拿呢?一只陈旧的寒暑表,没有道理地钉了无限多的钉子,几乎要了我的命。一阵烟忽然冲来,我刚来得及躲开。这里有许多的物品,好几捆的帆布,好几圈的绳子,船尾甲板看起来好像海洋物品的市场,小艇堆得满到船沿。人们会以为这个老头子想从他第一次领的船尽力带走许多东西。他是非常、非常镇静,但是分明是糊涂了。你们会相信吗?他要拿很长的旧水线同一把小锚到他的长艇里去。我们恭敬地答道:'是的,是的,先生。'暗地里让这些东西溜到海里去。一只沉重的医药箱也这样子消失了,还有两袋绿咖啡,许多罐油漆——你们想一想,油漆——以及许多其他东西。然后,我得到命令,同两个水手到这几只小艇去装货,把它们弄好,预备我们该离开大船的时候。

"我们把一切东西装好,替我们船主把长艇的桅杆竖起,这条艇是将归他去负责的,我坐下憩息一会儿,觉得松活一下。我的脸孔肿痛,四肢疼得有如折断了,我感到一切肋骨的不舒服,敢赌咒我的脊骨扭歪了。小艇紧靠在船尾,躺在浓影之中,四面我看得见一大圈海给火照亮。一阵巨大的火焰从船前面清澈壁直地上升。它很猛烈地闪燃,声音响得像羽翼的拍拍,还有像雷声的霹雳。此外杂有噼啪同轰发的声音,火花就从这个圆锥形的火焰生出来往上飞,正像人为将来的灾难,为漏水的船,为着火的船而生的那样。

"使我麻烦的是大船船舷朝着滚来的浪,对着那时所有的风——一些的微风——以致小艇不肯安居船尾,那里却是安全的地方;它们像小艇们通常那种顽梗的样子，一定要跑到船尾突出部的下面，然后摆到旁边去。它们危险地碰来撞去，走近火焰，大船在它们上面滚转，自然时时刻刻又有桅樯倒下的危险。我同两个守船的人用船桨同船钩极力设法使它们离开大船；但是老是卖这种力气真够令人忿怒，因为我们没有可以滞留的理由。我们不能看见船上的人们，也想不出什么产生了这耽搁。守船那两个人轻轻地发誓，我不单有我分下的工作，还得注意这两个人工作，他们常常表示出躺下让小艇顺流溜去的倾向。

"'末了'，我喊道，'在船面的人们，'有一个人往下瞧，'我们这里预备好了。'我说。那个头看不见了，很快又露出来。船主说：'很好，先生，不要使小艇靠近大船。'

"半点钟过去了。忽然间有一阵可怕的嘈杂，刮辣的声音，铁链的琅珰声，水的咝声，无数万的火花飞上，到颤动的烟柱里，那是稍微比船高一些，斜倚在那儿。徽章烧掉了，两个烧得通红的锚也跑到海底去了，扯着烧得通红的二百呎①铁链跟它下去。整个船颤动，那一团火挥舞，好像将塌陷，船首的上樯也就倒下了。它火箭似的投下，射到海里去，立刻跳出来，同小船只有一浆之距，安详地浮着，在明亮的海上显得非常黑。我又向船上喊。过了一会儿，一个人用一种出乎意料地高兴的，但是好像他想闭着嘴说话地那样消沉的口吻告诉我，'立刻就来。'看不见了。有许久时间，我只听到火的呼呼声同咆哮声，还有呜呜声。小船跳动着，拖拉它们的船缆，开玩笑地冲来冲去，船舷相碰，无论我们怎么办，总是一大堆摆到大船

---

① 呎：英制长度单位，1呎≈1.83米。

旁边。我不能再忍了,攀登一根绳子,从船尾爬到船上去。

"船面明亮得同白天一样。这样爬上去,对着我的这一片火光看起来真是可怕,那股热气起先好像几乎无法忍受。一只有背睡椅的垫子,那是从房里拖出的,卑尔船主坐在上面,他的双腿弯起,一只臂给头枕着,正睡着,火光对着他闪烁。你们知道其他人们忙着什么吗?他们坐在船尾,围着一只打开的箱子,吃面包同酪饼,喝瓶装的黑麦酒。

"凶猛火舌绞扭着在他们头上,他们对于这样的背景觉得很舒适,同火蛇一样,活像一班不顾性命的强盗。火在他们眼睛的白部发光,射到他们破内衣所露出的一块一块白皮肤上。个个人身上好像都有战争的痕迹——绷带缚着的头,扎起来的手臂,一条龌龊的破布围着膝部——个个人有一瓶酒夹在腿上,一厚块酪饼在手里。马洪站起来。他那美丽而下流的头,那钩形的侧面,那雪白的长胡子,他手里打开橡皮塞的瓶子,这几点使他像古代不顾死生的海盗,在残忍同蹂躏之中作乐。'我们在船上最后的一餐,'他严重地声明,'我们整天没有东西吃,这些食物都留下也是没有用的。'他挥舞他的瓶子,指着睡正浓的船主。'他说他吃不下什么东西,所以我弄他去躺下,'他继续说,当我直着眼睛看他,'我不知道你晓得不晓得,年轻的人,这个老头子有好多天没有睡了——将来在小艇里睡的机会也少得该咒。''将没有小艇了,若是你们再胡闹下去。'我生气地说。我走向船主,推他的肩膀。最后,他睁开眼睛,但是并不动。'已到离开它的时候了,先生。'我镇静地说道。

"他满身疼痛地站起,看看火焰,看一看船四围发光的海,和再远黑得同墨水一样的海;他望一望星群,那是在黑得像地狱门的天空里一层稀薄的烟雾中蒙昧发光。

"'最年轻的先离船。'他说。

"普通水手用手背揩嘴,站起,爬过船尾栏杆,看不见了。别人跟着走。有一个正要跨过去,站住喝干他的酒瓶,手臂一挥,扔到火里去。'把这个也拿去罢。'他喊道。

"船主悲哀地滞在后面,我们让他独自跟他第一次带的船默语一会儿。然后我又上去,末了把他引下。这真是该离船的时候了。船尾铁的东西触着感到火热。

"然后长艇的船缆割断,三只小船缚在一起,飘走远离大船了。我们舍弃它刚在它爆发后十六个钟头。第二条小艇归马洪负责,我管最小那一条——十四尺长的小艇。本来长艇就够载我们全部的人,但是船主说我们必得尽力救起船上的财产——替保险商——这样子我第一次得到指挥权。我有两个人同我一起,一袋饼干,几罐肉,一小桶水。我得到命令,叫我紧靠着长艇,为的是天气恶劣时我们可以收留到长艇里去。

"你们知道我想什么吗?我想只要办得到,我就要同他们分手。我要独自占有这第一次得到的指挥权。假使有独自航行的机会,我是不肯整队前进的。我要凭着自己的本领把它带领靠岸。我要比其他船都走得快。青春!这全是青春!愚蠢的、可爱的、美丽的青春。

"但是我们并不立刻出发。我们一定要看这只船的究竟。于是小艇那晚上就在旁边飘荡,随着浪涌而浮定。人们微睡,醒来,叹息,呻吟。我就望着火烧的大船。

"夹于海天的黑暗之中,它猛烈地烧着,在一圈给跳跃着的血红火光照成紫色的海面上,在一圈灿烂而阴险的水面上。一条明亮的高飞火焰,一条寂寞的极大火焰,由海里上升,从它的高巅有黑烟不断地向天空冲去。它暴怒地烧着,悲哀庄严得像火葬的积薪在夜里点燃,大海围绕着,星群注视着。一个堂皇的死仪像一个恩典,像一份礼物,像一件奖品,给这条老船,在他辛苦生涯的这个末日。它这疲劳的灵魂付给星群同大海去安排,这正同光荣的凯旋同样地感动人们。天刚将破晓时候,船桅倒下了,一下子火花四散乱飞,好像是耐心的、留神的夜,静默地卧在大海上的空旷的夜,满是飞火。天亮时,它只是一只烧焦的外壳,安详地在一阵烟云之下飘游,里面载有一堆白热的煤块。

"然后,船桨拿出来,小船成一条线围着它的遗留绕行,好像列队送葬——长艇带领着。当我们驶过它船尾时,一朵苗条的火焰刻毒地向我们射来,它忽然间沉下,倒栽的,蒸气很响地咝一声。尚未毁坏的船尾最后沉下去,但是油漆已经没有了,爆裂了,剥落了,船尾没有字母,没有什么话了,没有恍惚是它的灵魂的那倔强的铭语,对着上升的太阳,闪出它的信条同它的名字。

"我们往北走去。一阵微风吹起,将到中午时候,一切小艇最后聚会一下子。我的小艇没有桅,也没有帆,但是我拿一根多余的桨做一只桅,挂上一个布帐当船帆,拿船钩做船桁。他的桅樯的确太重了,但是我心里高兴,知道靠着从船尾吹来的风,我能够追过其他两只船。我得等候它们。然后,我们看一下船主的地图,大家感情融洽地吃一顿硬面包同水,听到最后的训令。那是很简单的:往北走,尽力聚在一起行驶。'当心那个假桅,马洛。'船主说。马洪,当我骄傲地驶过他的小艇时候,皱起他那弯曲的鼻子,喊道:'你将在水底行舟,假使你不小心,年轻的人。'他是个苛刻的老头子——

希望他现在所长眠的大海轻轻地摇荡他,慈爱地摇荡他,一直到宇宙的末日!

"黄昏之前,一阵密密的暴风雨降到那两只小艇,它们是远在我这小船的后面;这次看见后,我就没有见到它们了,一直有好久时候。第二天,我坐着驶我这海壳般的轻舟——我第一次带领的船——四围没别的,只是水天茫茫。下午我的确看见远处一只大船的上帆,但是我不则一声,我的水手没有注意到。你们看我心里怕它是一只归帆,我却不想转身回去,没有进东方的大门。我是向爪哇驶去——那也是个快乐的名字——同盘谷一样,你们知道。我驶了许多日子。

"我用不着告诉你们在一只空船里颠簸是怎么样子。我记得许多日子整天整夜地全然无风,我们划桨,我们划桨,船却好像站住,仿佛给魔力迷惑了,不能走出水平线做成的这一圈海面。我记得酷热,暴风雨的泛滥,那使我们为着救这可爱的生命不断地用桶将船里的水汲出(但是灌满了我们的水瓶),我还记得接连十六个钟头口渴干得焦渣,一只舵桨在船尾上使我这第一次带领的船还能头朝着来浪山崩的大海。在那时候以前,我不知道我自己是个多么有本领的汉子。我记得我两个水手瘦长的脸也同憔悴的样子,我记得我的青春,同那永不会再回来的感觉——当时我觉得我能够永久维持下去,比海、天和一切人们都更耐久;就是这么一种骗人的感觉,引诱我们到欣欢,到危险,到爱情,到白费的努力——最后到死的途上去;这是优胜者对于自己力量的深信不疑,这是在这盈握的尘土做成的躯体里面的生命热气,这是我们心中的闪烁火光,那却随年时而暗淡,而冷却,而消沉,终于熄灭了——熄灭得真是太早,真是太早——还在生命熄灭之前。

"这是我怎样见到东方。我曾经看见过它秘密的地方，曾经深悉它的灵魂；但是现在我对于东方的印象总是从一只小艇，对面是一列高山，在晨曦里蓝色的，辽远的；在中午时像一层薄雾；在落照之下变成为紫色的凸凹不一的长墙。我手里好像有一只桨，眼中好像看到灼热的碧海。我还看见一个海湾，一个广阔的海湾，玻璃一样地平，结冰一样地滑，在黑暗中发微光。一盏红灯远在陆地的幽暗里燃烧着，夜是温柔的、暖和的。我们用酸痛的手臂荡桨，忽然间一阵风，一阵带有花卉同香木的馨气的温暖微风，从静寂的夜里吹来——这是东方向我第一下的叹息。这是我永不会忘却的。这是不可捉摸的、迷人的，像一种魔力，像向我们耳语，暗地里允许了神秘的欣欢。

"我们这最后一次的荡舟一共花了十一钟头。两人划船，那个轮到去休息的人就坐在舵杠旁边。我们看出海湾里那朵红光，向它驶去，猜它一定指出某一个泊船的小港。我们驶过两只船，异乡情调的，船尾很高的，抛锚睡着；当我们走近那现在是很朦胧的红光，我们小艇的船头碰到一只突出码头的末端。我们疲倦得瞎了眼睛了。我的水手放松船桨，从坐板上摔下，仿佛死了。我把船系在一根大桩上。一阵潮流轻轻地潺潺着。岸上芬芳的黑暗集成庞大的一堆一堆，那是密生的大丛植物，也许是——寂然的，古怪的东西。在它们脚下，半圆形的海滨微微闪光，像一番幻梦。绝无灯光，绝无动弹，绝无声响。神秘的东方对着我，它是香得像一朵花，静得同死一样，暗得同坟一样。

"我是坐着，疲倦得不能以文字形容，狂欢有如一个战胜者，睡不着，神魂颠倒，好像当前有一个深奥的、命运攸关的谜。

"桨溅水的声音，水面回响的有规律的打水声，给岸的寂静相比变为大声的拍拍，使我跳起来。一只小艇，一只欧洲的小艇，驶进来。我呼唤已死者的名字。我喊：'犹太！'一个细邈的喊声回答。

"这是船主。我比主艇先到三点钟。我很高兴，再听到老头子颤动的、疲累的声音。'是你吗，马洛？''当心码头的末端，先生。'我喊。

"他小心地走近，用深海的铅线把船弄靠岸，这些线我们救出来——为着保险商。我放宽我的船缆，落到同它一排。他坐在船尾，一个精神涣散的人，沾着露水，他的双手叉在怀中。他的水手都已睡着了。'我受了许多辛苦困难，'他低声说，'马洪在后面——没有隔多远。'我们说话是用耳语，低声的耳语，好像只怕扰醒这片大陆。至于水手，那时炮声、雷声、地震都不能把他们弄醒。

"我们谈时，向四面望，我看见一盏明灯在夜的海里航行。'那里有一只汽船走过海湾。'我说。它不是过路，它是进口，它甚至于走近泊下。'我希望，'老头子说，'你去打听它是否英国船。也许他们能够带我们到别的地方去。'他好像焦急得神经很受震动。于是靠着拧同踢，我把我的一个水手弄到睡游的状态，给他一个桨，自己另拿一把，向汽船的灯光划去。

"船上有喋喋的说话声，机器房金属家伙空洞的铿锵声，甲板上的脚步声。它的舷侧门发光，圆得像睁大的眼睛。人影在船上走动，有一个模糊人形高高地站在舰桥上。他听到我的划桨声音。

"然后，在我能够卄口之前，东方向我说话，但是用的是西方的口腔。一大阵的话倾注到谜一般的、命运也似的静默里去；异乡情调的怒语，杂有几个字，甚至于整句的发音清晰的英文，这虽然没有那么异乡的，可是更令人惊奇。这个人拼命地赌咒发誓，用一串连珠的毁骂使海湾严重的静默变成莫名其妙。起先叫我做猪，十是步步上升，说出不能出口的形容字——用英文说的。站在上面的人用两种语言大声怒骂，气得那么真挚样子，几乎使我相信我有些冒犯了大宇宙的和谐。我差不多看不见他，但是开始想他将气得晕倒了。

"忽然间他停住，我能听到他鼻孔喷气同喘息像一只海豚。我说，'这是什么汽船？'

"'唉？怎么样？你是谁？'

"'一只在海上着火的英国帆船的飘零水手。我们今晚来到这里。我是二副。船主在长艇里，想知道你肯不肯带我们到别的地方去。'

"'啊，我的天呀！我说……这是天国从新加坡回去。早上我将同你船主商量……还有……我说……你刚才听见我说话没有？'

"我想海湾里所有的人们都听到你的话了。

"'我以为你是一只本地的船。现在，你看——这个该死的懒流氓，这个看守者又去睡了——真是该咒。灯光又灭了，我几乎撞着这可恶的码头。这是第三次他跟我开这玩笑。现在我问你，有谁能够忍受这种事情吗？这足够叫人气疯了。我要把他报告上去……我要使驻外外交副代表把他开除，我敢赌……你看——那里并没有亮。已经灭了，是不是？我要你做见证，那个亮是灭了。那里应当有个亮，你知道。一盏红灯在……'

"'那里起先有个亮。'我温和地说。

"'但是它灭了，汉子！这样谈论有什么用呢？你自己能够看见它是灭了——你看得见吗？若是你领一艘宝贵的汽船，走过这个上帝所弃的海岸，你也会要一盏灯。我将把这流氓从他这可怜的码头这一头踢到那上头。你看我会不会放松他。我一定——'

"'那么我可以告诉我的船主你肯带我们走？'我打断他的话。

"'是的，我将带你们一同走。再见！'他粗鲁地说道。

"我划回去，又把船缚在码头旁边，于是最后去睡觉。我曾面对东方的静默了。我曾听到它的一些语言了。但是当我再睁开眼睛，它的静默是这么完整，仿佛从来没有破坏过。我是躺在大光明底下，天空从来没有像这么辽远，这么明朗。我睁开眼睛，毫不动弹地躺着。

"然后我看见东方的人们——他们望着我。码头上满是人。我看棕色的、青铜色的、黄色的脸孔，黑眼睛，一队东方群众的灿烂夺目，色调辉煌。这班人眼睛盯着我们，没有一点说话的声音，没有一声的叹息，没有丝毫的转动。他们直着眼睛看下面的小艇，看夜里从海外来到他们这儿这几个睡着的人们。一切东西都是静的。棕树的叶子安详地站着，天空衬在后面。沿岸的树林没有一枝摇动，隐着瞧不见的屋子的棕色屋顶偷偷地现在绿荫之中，现在发光挂着，静止得有如重铁铸成的大叶子之中。这是古代航海家的东方，这么古老，这么神秘，灿烂而忧郁，虽然生气勃勃，却永远不变，满是危险同希望。这班就是东方的人们。我忽然坐起来。群众里有一个波动从这头一直达到那头，大家的头都向一边倾，大家的身体都这么摆动，这个激动像水面的波纹，田中的微风——一下子大家又归于静止。想起来如在目前——一大片的海湾，闪烁的沙滩，庞杂的、无限的绿色世界，蓝得像梦里海洋的大海，一群注视的脸孔，鲜艳颜色的衣服跟火焰一般——这些全被水反映出来，还有弯的海岸、码头，恬静地浮在水面的船尾很高的异乡船只，载着从西方来睡着的疲劳的人们的三条小船，这几个人完全不觉得这个国土、这里人民同太阳的猛烈。他们熟睡，有的横躺在坐板上面，有的蜷伏在船底板子上面，那种不在乎的态度简直同死一样。背倚着长艇船尾的船主的头垂到他的胸际，看起来他好像永不会醒来。再远一些，马洪脸朝着天，白色的长须摊在他胸前，好像他坐舵杠旁被人枪射了；还有一个人，弯成一团在船首，睡时双臂抱着龙骨，他的脸颊放在船沿。东方没有声音地望着他们。

"此后我知道了它的魔力，看见神秘的海岸，静止的水，棕色人种的国土，那里有一个阴险的'报复之神'埋伏着，追赶、袭击这许多来征服的种族，这些种族却自夸他们的聪明，他们的知识，他们的力气。但是对于我，整个东方是包括在我年轻时这一瞥眼。这完全是在我向他睁开我年少眼睛的那一刹那。我从同海恶斗一场来到它这里——我正年轻——我看它望着我。这就是它所留下的唯一印象！只一刹那，具有魄力，浪漫性，魔力——青春的一刹那……阳光突然射到异乡的海岸，值得记忆的时候，引起一声长叹的时候，于是就是——再见——毁灭后的沉沉黑夜——永诀……

"他喝酒。

"啊！从前良好的时光——从前良好的时光。青春同海。魔力同海！良好的、有力的大海，咸味的、刻毒的大海，它能够向你细语，向你咆哮，把你打得没有气。

"他喝酒。

"最奇怪却是海，我相信，是海——或者是青春？谁知道？但是你们诸位——你们从人生都得到一些东西：金钱，爱情——无论你在岸上得到了什么东西——请告诉我，那是不是绝妙的时光，当我们年轻在海上漂游。年轻，什么东西都没有，在海上，那是什么东西都不给的，除开猛烈的打击——有时给你们一个感到自己力气的机会——惟有这个——是你们所不能忘怀的吗？

"我们都向他颔首：理财家，会计员，律师，我们都向他颔首，对着这明亮的棹子，它像一片棕色的止水反映出我们画有线的、满是皱纹的脸孔；我们被劳工、欺骗、成功、爱情加上标志的脸孔；我们疲倦的眼睛还是——永远是——焦急地想从人生里得到某件东西，那当我们期望时候,已经逃掉了——不知不觉之间消灭了，一声叹息，一下闪光之间没有了——连同青春、魄力，同幻境的浪漫情调。"

#  后　记

## 干得漂亮

### 一

我们可以放心地说，在过去的四年里，大不列颠的水手们干得真是漂亮。我是说被划为水手、乘务员、前桅手、锅炉工、灯具清理工、大副、船长、机械师以及还有海军中各种等级一直到海军司令的人员都干得很漂亮。我不是说不可思议地漂亮，或奇迹般地漂亮，或极其地漂亮，或者甚至非常漂亮，因为这些都是没脑子的人才会说得夸张之词。我不否认，有的人可能是不可思议的存在，但是这在他活着的时候不可能被发现，甚至在他死后，也不总是能被发现。人的绝妙才情是一件隐藏起来的事，因为他的同伴们不能读懂他心里的秘密。至于一个人的工作，如果干得漂亮的话，就是可以说出来的极致了。你可以干得漂亮，而且人的眼睛所能看见的不能再多了。在海军中，这里人类的价值得到了充分的理解，用来赞扬一艘船（也就是一艘船上的所有人）的某一项成就的最高的赞美恰好由这个简单的句子组成："干得漂亮"，而船只的名字缀在后面。不是不可思议地漂亮或惊人地漂亮或极其地漂亮——不是，而仅仅是：

"干得漂亮，××号船。"

对于人们来说，如果能有人认为可以大声地说他们干得漂亮是一件合适的事，这会是让他们无比自豪的。它是一件值得纪念的事，因为在海上服役，这样的工作对你的期望就是你要是专业的并且当然也是干得漂亮的，因为少于此是不行的。更不夸张地说，没有人会被期望比干得漂亮更多一些。夸张的词汇不过是表达了无知者的惊奇。因此，不过表达略微的赞美的官方表示成了一种极大的荣耀。

作为一个纯粹的有礼貌的水手来说（或许我应该说平民水手，因为礼貌不是我心中所想的），我从来没有料想过海上贸易在战争期间所做的被说成干得漂亮以外的东西。有些人显然没有这样的信心。不，他们甚至认为会看到商船水手丧失勇气。我必须承认这样的看法真的引起了我的注意。在我的时代，在我以各种职务服役的船只上的人中，我从来没能察觉到任何怕事之人。但是我反思我在1894年就离开了海上，二十年后才爆发了战争，这对现代水手的品质做出了严峻的考验。也许他们落后了，我不情愿地对自己说。我还记得那篇怨天尤人的文章，我在其中读到了在英国商船服役的外国人的庞大的数字，并且我不知道这些哀歌中有多少是真实的。

在我的时代，飘舞着英国商船旗的船只上的船员中非英国人的比例远远小于三分之一，这个比例事实上小于十分严格的法国通航法对那个国家的船只上的船员要求的比例。这一力求维护本国水手利益的最严苛的法律意识到了为全世界的商船装配人手的困难。法国法律规定的三分之一似乎是不可能更小的数字了。但是英国的比例还要更小一些。因此，可以说，直到今天，从事远洋航行至澳大利亚、东印度群岛和绕合恩角的英国商船的船员主要是英国人。这些小部分的外国人我记得大部分是斯堪的纳维亚人，而且我的总体印象还是这些人都是人才。他们似乎总是很能干并且随时准备为他们服役的旗帜尽职责。他们中大多数是挪威人，这些人的勇气和正直的性格是无可怀疑的。我还记得两个芬兰人，他们都是木匠，这是当然的，而且还是很好的手艺人；一个瑞典人，他是我见过的最有技术的修帆工；另一个瑞典人是一个乘务员，他真的可以被叫作是一个英国水手，因为他从伦敦出海已经有三十多个年头了，一个相当了不起的人；一个意大利人，他是一个永远笑着，性格却十分好斗的人，一个法国人，他是一个十分优秀的水手，在十分困难的环境中也总是精力旺盛并且不屈不挠；一个荷兰人，他平静地看着船在我们脚下支离破碎的样子，我永远都忘不了，还有一个年轻的、皮肤白皙肌肉十分发达的德国人，他的性格没有什么特别。非欧洲的船员中，印度人和卡拉什人我接触的很少，只有在一艘汽艇上，有过不足一年的接触。也是在这个时候，我唯一一次见过来自中国的锅炉工。只能说是见过了。人们不和他们说话。人们可以看到他们在甲板上来来回回地走着，通常的样子是挽着辫子；下班的时候十分肮脏，而上班的时候面容十分干净。他们从来不看任何人，而且人们也没有机会直接跟他们说话。在白天他们的样子十分平常，而他们疏远沉默的样子又看上去有些像幽灵。

但是对于英国船只上的白种人船员，我有深入的了解，他们几乎都是英国人和英国人的后裔，如今这个国家已经发现了这些人的前辈们的贡献。一开始我只是在他们中间，然后又参与到他们中，我分享了他们十分特殊的人生的每一种情形。因为真的很特殊。在我年轻的时候，开始一段航行就像驶入永恒之境。我反复思量最后说是永恒之境而不是太空，是因为它将一个人吞噬八十天、一百天——甚至更多天。一个人被没有回声没有嘘声的无边无际的寂静吞噬，这像极了永恒之境！因为人所能设想的永恒之境不会是有声音的。巨大的寂静，除了太阳和其他天体的升降和在天空中永远互相追逐着的光明和黑暗的变换，你无法将自己与宇宙联系起来。虽然每半个小时敲响的钟声十分细致地记录着地球的时间，但是事实上这时间却没有什么用。

这是一种特殊的生活，并且这些人是十分特殊的人。这样说，我不是想说他们比一般的人更复杂。他们也不是十分单纯。我已经坦诚人类是一种奇迹般的生物，并且这些特殊的人有他们独特的神奇之处。但是以他们集体的能力，他们最能够被定义为被要求要么干得漂亮要么完全毁灭的那些人。我对他们的描述是我知道的关于他们的所有事实，并用尽我所能以公正的态度进行描述。我这样说希望不会引起误解。感情可能是非常苛刻的，并且在关键的部分会很容易有失公允。我带着嫉妒的目光去看他们，期许的也许比真正公正来说可以期望的更多。这并不奇怪——因为我经过深思熟虑，诚心诚意，毫无后悔犹豫地选择成为他们中的一员。这样的情形给了我这样完整的身份感，我十分真切地意识到如果我不是他们中的一个，我就什么都不是了。但是最难察觉的是这些人遵从的深深的冲动的本质。是什么样的精神激励着他们永远保持着专一的忠诚？没有外在的强制的凝聚力或者纪律将他们保持在一起，或者塑造了他们内化的标准。这真的很神秘。最终我得出结论，答案一定是在这种生活本身的本质中；大多数人盲目地选择，意外地拥抱了水手的生活，这些人看上去不过是一个松散的集体，在远离人类视线的地方为了生活劳作。谁能说清楚一种传统是怎么来到世界上的呢？我们是地球之子。也许最高贵的传统不过是迫于物质条件，是迫于来自人类那危险的生存中处处存在的生活所需。但是一旦出现，它就成了一种精神。就没有能消灭它的力量的了。贪婪的自私的乌云就像反叛或恐惧的微弱的辩证法，可以遮蔽它一时，但是真正地，它仍然是被赋予了荣耀和羞耻的力量的不朽的统治者。

二

这一神秘诞生的航海传统要求从事这一职业的全部工作者团结，在这一行业中，人们要相互依靠。可以说，这将他们抬高到了他们脆弱的死去的自我以上。我不希望被怀疑缺少判断和盲目热情。我不是说在我的时代真正生活在海上的人和现在以怎样的时间生活在海上的人拥有特别的道德或者甚至是特别的男子气概。但是他们的品质以及缺点、软弱和"美德"中，无疑是有种不同的。他们从来不属于世俗的世界。他们不能是。机会或者欲望（主要是欲望）让他们不同，常常在他们还是孩子的时候就是如此；而且值得注意的是从它的最本质上说，这一最初的请求、这一最初的愿望一定是来自想象。因此，他们单纯的心智具有某种甜蜜。它们以某种方式得到了保存。我并不是指海洋中盐分的保存效果。海水中的盐分当然是一件很好的事；例如，当你在"咆哮西风带"湿漉漉了几个周时，盐分可以让你不得重感冒。但是一个严肃而且普通的事实是，海盐最多会触及水手的皮肤，在某些维度上它总是给一切表面覆盖上一层结晶。这就是全部了。那么大海究竟是什么呢？人们既未参透它的伟大也未领悟它的神秘，但却在诗歌和散文中歌颂这两者，然而这个无数次被提起的主题究竟是什么呢？大海是不确定的，是专断的，是平凡的，是暴力的。除了在庄严多变的天空的映衬下时，它的平静中蕴藏着某种空洞，愤怒中有些愚蠢，这又是无休无止，无边无际，固执不变，而且无用的——灰色的老朽，像寻找猎物的老怪物一样狂暴。它的广大无垠让人乏味。在航海时代的任何时期，人类都用这样的话语对它说。"你究竟是什么？是的，我们知道。潜在的最大的恐怖场面，是吞噬一切的谜。是的。但是如果不是一直在和你抗争，从你手中争夺，我们的生命还什么都不是；乘着我们勇敢的小皮艇进行着精神和物质的抗争，不断地突破你不可窥测的地平线。"

啊，但是大海的魅力啊！啊，是的，足够的魅力。或者，更像是一种邪恶的魅力，就像难以捉摸的女神，怀抱便是死亡，又像美杜莎的脑袋，它的凝望就是恐怖。那种魅力让人在道德上遵守规矩。但是至于海盐，它的苦涩，地球上没有任何东西可以比。我可以放心地说，海盐只能碰触到水手的嘴唇。他们内心的完整却依赖于另一种防腐剂，它的主要成分（没有人听了会觉得惊奇）是某种爱，这种爱与海洋无用的微笑和无用的激情无关。

热爱，这种感情是天真而且充满想象的。在它之中还有的是，如此常常地，不，是几乎总是能在一个真正的水手的性情中发现的那种幻想。但是我还要再次说我不认为水手有特别的德行。我将毫无迟疑地承认，我在他们之中发现了人类常有的缺点，性格不那么正直，脾气不那么稳定，意志力有些优柔寡断，善变，有一些小的卑劣行为——这些大部分都是在与海岸接触的时候才发生；而且都是十分天真、独特，有一些异想天开。我甚至还遇到过一个直率的小偷。就这一个。

这事实上是一个很小的比例，但是也许只是我的运气；而且因为我正在写赞美水手的文章，我禁不住要说这是唯一的实例；并不是要拿它来做道德的例子，而是要给出某些特征并且提出一个观点。他是一个高大强壮的人，面相无辜，与和他同船的水手交流也不多，但是一旦和人交流起来，却表现出一种十分小心的真诚。他眼神正直坦诚，有着一种令人满意的聪明，而且从船上值守官员的角度来看，总体上是可靠的。然后，突然地，他就走出去，偷东西了。而且他并没有从他那值得尊敬的同伴身边走远一点去偷海岸上的别人的东西；他在船上就直接下手了，就在自己同船的人的眼皮子底下，在自己的船的甲板上，完全不理会我们的守夜人——老布朗的存在。（就是因为这件事，在剩下的行程中，老布朗值得信任的名声完全被毁了）。这样一来，也为所有给船带来生机的无辜的灵魂带来了无限的烦恼。他偷了十一块一英镑的金币，还有一个金的口袋比色计和金链子。我真的说不好这种行为应该被归为亵渎圣物还是应该归为偷窃。那些东西都是船长的！这件事确实有某些亵渎的意味，而且是特别无耻的那种，因为他就是在船长的特等舱里，在船长睡着的时候做的这件事。但是，现在，看吧，这就是人类的幻想！他在掏了船长的口袋之后，还没有着急走。没有。他故意地走到了大堂里，从餐具柜里搬了两只又大又笨重的镀银台灯，然后搬到了船头并且对称地摆在了船首斜桅的支撑杆上。我必须要解释一下，这意味着他已经把它们能拿多远就拿多远了。这些都是在黑暗中干的。在清晨时候，水手拖着水管来冲洗船首，这时候在船首斜桅的两侧看见闪闪发光的座舱灯在晨光中异常明亮，他吓得浑身瘫软。水管从他疲软无力的手中坠落，而且那双手也是一样！我正巧走到那里，他心烦意乱地小声对我说，"看看那儿，先生；看看吧。""你立刻把它们送回到船尾去。"我说，心里也十分震惊。当我们靠近后甲板的时候，我们看到乘务员也被某种亵渎神圣的恐怖吓呆了，朝我们举着船长的裤子。

　　皮肤被晒成古铜色的船员们手上拿着扫帚和水桶大张着嘴巴站在那里。"我在船长房间外面的过道上发现了它。"乘务员虚弱无力地说。当他接着说船长的手表从床边的钩子上消失了的时候，大家痛苦的感受被推到了顶点。我们那时候才知道我们中间有个贼。我们的贼！想想这一船人有多么的团结。对我们来说他和其他的贼不一样。我们都不得不在他犯罪的阴影下生活了许多天；但是警察一直在调查，并且一天早上，一个年轻的女人出现在了甲板上，手里摇动着一把阳伞，身旁有两个警察。她指认了犯人。她是环形码头附近的某个酒吧里的酒吧招待，并且对我们的人并没有什么了解，只知道他看起来像是个体面的水手。她一共见过他两次面。第二次见面的时候，他谦卑恭敬地请求她帮忙保管一小包捆得结结实实的包裹一两天。但是他再也没有靠近过她。过了三个周之后，她打开了包裹并且当然也看了里面的东西，看了当然大为吃惊，于是接着就去最近的警局报案了。警察立即带着她上了我们的船，我们所有人就都被召集到了后甲板上。她肆意地盯着我们所有人的脸看，突然用手指了指，声音尖利地说，"是那个人"。接着就在三十六个水手面前毫无节制地歇斯底里起来。我必须说，我这一辈子从来没有见过一船的人那么的害怕。是的，在这个犯罪的故事中，奇怪的是竟然缺少罪恶的意味,也没有常常是水手的性格的一部分的那种幻想。我想驱使他这么做的并不是贪婪。背后的原因一定没有那么简单:无聊,也或许是因为打赌,或者是出于反抗的快感。

现在再来说说别人的看法。这是一个小个子、黑胡子的一等船员告诉我的。他在海上的旅行中负责清洗我的法兰绒衬衫,修补我的衣服,并且通常也照理着我的房间。他是一个优秀的裁缝和洗衣工,并且也是一个很好的水手。因为这样特殊的关系,一天傍晚当他把三件洗干净并且整齐地折叠好的衬衣放到我的箱子里时,他觉得有必要跟我表达一下对这件事的看法。他十分痛苦。他说,"这是怎么样的一船人啊!从来没有见过这样的 群人!谎话精、骗子、贼……"

这是不必要的偏见。在那艘船上有三四个说大话的家伙,并且我知道在那次出海的时候,因为玩游戏发生了一两次激烈的争执,因此所有玩牌的游戏都被禁止了。关于贼,据我们所知,只有一个,而且我相信他之所以一反常态是出于探索而不是想犯罪。但是我黑胡子的朋友的义愤有它独特的道理,因为他情绪激动地补充说,"而且是在我们船的甲板上——一艘像这样的船……"

这里就蕴藏着水手作为一个整体的特殊性格的秘密。船、这艘船、我们的船、我们服务的船是我们生活的道德象征。一艘船必须要被尊重,真正地并且理想地被尊重;她的德行、她的无辜是神圣的事。在人类的所有创造中,她是人类辛劳和勇气的最亲密的伙伴。从每一个角度上说,你在她身边都要好好做。而且,正如在所有的真爱的情形下,你为她所做的一切都仅仅在你的心中为关于她的功绩的故事加了分。她沉默而又令人无法拒绝,要求的不仅是你的忠诚,还有你的尊重。而且你或许会赢得的那声"干得漂亮"也是对她发出的。

# 三

我一直深信，或者也许我应该说从我的个人经历中我有这样深深地感受，就是，不是海洋而是海上的船只引导并带领着被一些人称为英国人的第二本性的冒险精神。我不想引起争执（因为在知识方面，我是一个寂静主义者），但是我敢于承认散布在整个世界上的英国人的主要特点不是冒险精神，而是服务精神。我想从伟大航行的历史和种族的总体活动中，这一点也展示了出来。英国人总是喜欢冒险的事业而不是其他的，这一点不能否认，因为每个英国人都有年轻的时候，在那个时候每一种冒险都有它的光彩。毕竟，随着时间的流逝，冒险成了他日常工作的一部分；他反而会与冒险失之交臂，就像一个人错过他心爱的伴侣。

单纯对冒险的热爱不算是可取之处。甚至根本算不上品德。它不会让一个人负上对一种信念和甚至对自己本身忠诚这样的责任。粗略地说，冒险家可以被认为拥有勇气，或者在某种程度上被称为需要勇气。但是勇气本身不是一种理想。一个成功的拦路强盗也表现出某种勇气，而且众所周知，海盗船的船员战斗的时候也充满勇气或者仅仅是像被逼到死角的老鼠一样鲁莽绝望地斗争。世界上没有什么能阻止一个单纯热爱或追求冒险的人随时逃跑。他有自己的个性，他仅仅喜欢尝鲜，期盼某种利益，但是没有什么忠诚之心能让他怀着敬意坚持一件事。我注意到大部分单纯热爱冒险的人都十分爱惜他们的生命；而且这一点的证据是，他们中的许多人都在很大的年纪仍然安然无恙。你会在岛屿和大陆的神秘的角落里看到他们，大部分鼻子红彤彤而且眼睛水汪汪，吹起牛来甚至都不够有趣。太阳底下没有比一个单纯的冒险家更无用的东西了。他也许曾经一度喜欢过这一行，这原本可以是可取之处。我是说热爱冒险这件事本身。冒险本身只是一个幽灵，一个没有心脏的可疑的形状。是的，没有比一个冒险家更无用的东西了；但是没有人可以说，大不列颠民族的冒险活动被打上了仅仅是对情绪的无用的追逐的标签。

从大不列颠群岛上走到海上去的一代又一代的人们在充满风险的情形中辛苦地工作。一个人就是一个工作者。如果他不是一个工作者的话，那他什么都不是。什么都不是——就像一个单纯的冒险家。这些人懂得他们的工作的本质，但是或多或少有些模糊，有各种各样的不清楚。因为它的重要性和遥不可及的目的性，他们的领袖中最好最伟大的一个也没有完全看清它的本质。这是人类的共同命运，人类最积极的成就诞生于奔着某个未知的目的地忠诚地坚守的梦想和幻象。而且这不重要。对于大多数人来说，唯一需要的可取之处是在每一个人尚有精力的短暂时间对手边和心头最近的东西保持不变的忠诚。换一句更加大而广之的话是，需要的是立即生效的责任感和一种无形的约束力的感觉。事实上，水手和责任总是分不开的伴侣。我想到这种责任感不会是爱国意识或者宗教意识，或者甚至水手中的社会意识。我不知道。对我来说，水手的责任或许是这三者的无意识的混合物，比这三者中任一个都小，但是对于简单的心灵来说是更加坚定的并且更适合水手这种默默无闻的工作。我也了解到这一无形的约束是水手以无声且顽固的热情服务的海洋精神在水手的本性上施加的。

这些都是传达好主意的精致辞藻。但是我知道，无论多伟大，对单纯的一个精神展示出不屈的忠诚是非常困难的。在每天的生活中，普通人需要可以将自己的爱和热情投入进去的更加物质、更加有效率、更加坚定和象征性的东西。那么，海洋精神究竟是什么呢？它太伟大，太难以捉摸，不能被人类的胸怀所拥抱和保有。一个诚实或狡诈的水手了解的全部只是它的敌意，是它像不断地更新自己的地平线一样无休无止地让他们付出劳作。不是。唤醒水手责任感，对他的男人力量施与无形的控制，掌控着他不总是无声但是总是不屈的忠诚的不是海洋的精神而是他眼中有实体、有特征、有吸引力和几乎有一个灵魂的东西——就是他的船。

许多世纪以来，没有哪一天升起的太阳没有看见分散的海洋上的一群又一群的英国人。这些英国人的物质和道德存在受到彼此之间的忠诚和对一艘船的忠诚热爱的调控。

每个时代都有自己的代表团，它并非由自己的儿子传承（因为大部分水手总是无儿无女的），而是一群忠诚和无名的继承者，他们承担了艰苦生活和单纯的责任的谦虚又崇高的遗产；这些责任是如此的纯粹，没有什么能够动摇诞生于服务的物质条件的传统态度。一直是为了各种事务在为这个国家服务的船只是水手原始美德的操练平台。远距离的朦胧和生命的模糊让他们远离了这个国家赞赏的目光。那些分散在远方的船队在世人的眼中似乎仅仅离开了这片汪洋上的另一个奇异的怪兽一步之遥（我猜想在右边）。如果提起他们，说起他们用的语气也是半嘲讽的纵容。许多年以前，我曾在一本不长的书中描绘了某些情况下在一片海上的一艘船上的船员。

我试图用充满爱的语言描述但没有回避他们的缺点的一小群人被一个友好的评论者说成"许多迷人的匪徒"。这值得让我思考。那么是因为这样的伪装,他们才在海洋的迷雾中显得那么遥远,那么不知所措和单纯吗?究竟什么才是"迷人的匪徒"?我想,它一定是文学想象的造物,因为这几个字与我的个人经历不相符。我碰巧在这里那里遇到过一些匪徒,但是我从来没有发现哪一个匪徒是"迷人的"。然而,我还是自我安慰,反思这个友好的评论者说话的时候一定像是一只鹦鹉,常常似乎能懂自己在说什么一样。

是的,在大海的迷雾中,又远离了其他的人,那些人的形状开始变得扭曲、粗野和模糊——模糊到几乎看不清楚。只有战争带来的可怕的光芒才将他们带回到视野中,非常简单,没有世俗的优雅,被他们中的一个人才组织起来成为一个工作者的群体,让他们在社会的体制中占据了一席之地,有发声的权利;但是基本上他们仍然是远离的,是无家无子的一代代人,以荣耀的群体分散在整个海洋上,给予他们的船只忠诚的爱护并服务着这个国家,而这个国家因为他们是水手也回馈给他们最高的赞美"干得漂亮"。除此以外再没有别的了。

版权专有 侵权必究

### 图书在版编目（CIP）数据

黑暗的心 /（英）约瑟夫·康拉德著；梁遇春，宋龙艺译 . —北京：北京理工大学出版社，2018.11
（康拉德海洋小说）
ISBN 978-7-5682-6410-5

Ⅰ. ①黑… Ⅱ. ①约… ②梁… ③宋… Ⅲ. ①长篇小说－英国－现代 Ⅳ. ① I561.45

中国版本图书馆 CIP 数据核字（2018）第 230302 号

| | |
|---|---|
| 出版发行 / 北京理工大学出版社有限责任公司 | |
| 社　　址 / 北京市海淀区中关村南大街 5 号 | |
| 邮　　编 / 100081 | |
| 电　　话 /（010）68914775（总编室） | |
| 　　　　　（010）82562903（教材售后服务热线） | |
| 　　　　　（010）68948351（其他图书服务热线） | |
| 网　　址 / http://www.bitpress.com.cn | |
| 经　　销 / 全国各地新华书店 | |
| 印　　刷 / 北京通州皇家印刷厂 | |
| 开　　本 / 850 毫米 × 1168 毫米　1/32 | |
| 印　　张 / 6 | 责任编辑 / 朱　喜 |
| 字　　数 / 126 千字 | 文案编辑 / 朱　喜 |
| 版　　次 / 2018 年 11 月第 1 版　2018 年 11 月第 1 次印刷 | 责任校对 / 朱　喜 |
| 定　　价 / 32.00 元 | 责任印制 / 李志强 |

图书出现印装质量问题，请拨打售后服务热线，本社负责调换